प्रेमचंद की बाल कहानियां

ईदगाह

और अन्य कहानियां

I0552697

मुंशी प्रेमचंद

डायमंड बुक्स

www.diamondbook.in

© प्रकाशकाधीन

प्रकाशक: डायमंड पॉकेट बुक्स (प्रा.) लि.
X-30, ओखला इंडस्ट्रियल एरिया, फेज-II
नई दिल्ली-110020
फोन : 011-40712200
ई-मेल : sales@dpb.in
वेबसाइट : www.diamondbook.in

Edgah & Other Stories
By : Munshi Premchand

कहानीकार प्रेमचंद

प्रेमचंद हिंदी-साहित्य के एक ऐसे कथाकार का नाम है, जिनसे साक्षर ही नहीं निरक्षर व्यक्ति भी परिचित है। प्रेमचंद झोपड़ी के राजा थे, इसीलिए उनके साहित्य की पहुँच झोपड़ी से लेकर राजमहल तक है। झोपड़ी और राजमहल के बीच का रास्ता भी उन्होंने उड़कर पार नहीं किया, अर्थात झोपड़ी से लेकर राजमहल तक जो कुछ भी प्रेमचंद के दृष्टि-पक्ष में आया, वह उनके साहित्य का विषय बन गया। कैसा होगा वह साहित्यकार, जो अपने जीवन-पक्ष में सब कुछ को स्वीकारता चला गया, अपनाता चला गया। किसी को भी उससे उपेक्षा नहीं मिली, चाहे वह राह का पत्थर था या मंदिर का देवता। प्रेमचंद की दृष्टि में सब समान थे। वे दीन-दुखियों के पक्षधर, कृषकों के मित्र, अन्याय के विरोधी, शोषण के शत्रु और साहित्य के देवता थे।

हिंदी कथा साहित्य में प्रेमचंद के आगमन से एक नए युग का सूत्रपात हुआ। उन्होंने हिंदी-कहानी को नया आयाम दिया और उसे अनंत विस्तारमय क्षितिजों का संस्पर्श कराया।

प्रेमचंद के साहित्य की सबसे बड़ी शक्ति है, जीवन के प्रति उनकी ईमानदारी। उनकी यह ईमानदारी कहानियों में बखूबी दिखती है। उन्होंने बच्चों को ध्यान में रखते हुए अनेक कहानियां लिखीं। ये कहानियां मनोरंजक होने के साथ ज्ञानवर्धक स्रोत भी हैं। उनके साहित्य में भारतीय जीवन का सच्चा और यथार्थ

चित्रण हुआ है। प्रसिद्ध साहित्यकार प्रकाशचंद गुप्त ने लिखा है, 'यह भारत नगरों और गाँवों में, खेतों और खलिहानों में, सँकरी गलियों और राजपथों पर सड़कों और गलियारों में, छोटे-छोटे खेतों और टूटी-फूटी झोपड़ियों में निवास करता है। इस जीवन को प्रेमचंद अपनी लेखनी की शक्ति से बदलना चाहते थे और इसमें बड़ी मात्रा में वे सफल भी हुए।'

प्रेमचंद क्रांतिकारी चिंतक थे। अन्याय और कुरीतियों पर प्रेमचंद ने चौमुखी आक्रमण किया। प्रेमचंद एक ऐसा हीरा है, जिसमें अनेक कटाव हैं और हर कटाव में साहित्य के बहुविध रूप अनायास ही प्रतिबिंबित हैं।

प्रेमचंद हमारे युग के साहित्य-सूर्य थे। उनके व्यक्तित्व एवं कृतित्व का लेखा-जोखा हम यथातथ्य नहीं कर पाएंगे, क्योंकि इतिहास की दृष्टि से वे अब भी हमारे सन्निकट ही हैं। उनकी महानता कुछ ऐसी है कि वह समय के प्रवाह के साथ उत्तरोत्तर अग्रसर होने पर और अधिक जगमगाएँगे। फिर उनके प्रति अपनी श्रद्धांजलि समर्पित करने में एक अनिर्वचनीय सुख की अनुभूति होती है। आज का साहित्य ही नहीं, राष्ट्र का गौरव भी प्रेमचंद की ही विरासत है।

इस संकलन में हमने बालमन को छूने वाली उन कहानियों को चुना है, जो प्रेमचंद को एक बाल साहित्यकार के रूप में परिचित कराती हैं। ये कहानियां बच्चों के अलावा आम पाठकों के लिए भी रुचिकर होंगी क्योंकि इनमें शिक्षा के साथ मनोरंजन भी है।

—प्रकाशक

विषय सूची

ईदगाह

रमजान के पूरे तीस रोज़ो के बाद ईद आई है। कितना मनोहर, कितना सुहावना प्रभात है। वृक्षों पर कुछ अजीब हरियाली है, खेतों में कुछ अजीब रौनक है, आसमान पर कुछ अजीब लालिमा है। आज का सूर्य देखो, कितना प्यारा, कितना शीतल है, मानो संसार को ईद की बधाई दे रहा है। गाँव में कितनी हलचल है। ईदगाह जाने की तैयारियाँ हो रही हैं। किसी के कुरते में बटन नहीं है, पड़ोस के घर से सुई-धागा लाने को दौड़ा जा रहा है। किसी के जूते कड़े हो गए हैं, उनमें तेल डालने के लिए तेली के घर भागा जाता है। जल्दी-जल्दी बैलों को सानी-पानी दे दें। ईदगाह से लौटते-लौटते दोपहर हो जाएगी। तीन कोस का पैदल रास्ता, फिर सैकड़ों आदमियों से मिलना-भेंटना। दोपहर के पहले लौटना असंभव है। लड़के सबसे ज्यादा प्रसन्न हैं। किसी ने एक रोज़ा रखा है, वह भी दोपहर तक, किसी ने वह भी नहीं; लेकिन ईदगाह जाने की खुशी उनके हिस्से की चीज है। रोजे बड़े-बूढ़ों के लिए होंगे। इनके लिए तो ईद है। रोज ईद का नाम रटते थे। आज वह आ गई। अब जल्दी पड़ी है कि लोग ईदगाह क्यों नहीं चलते। इन्हें घर-संसार की चिंताओं से क्या मतलब! सेवैयों के लिए दूध और शक्कर घर में है या नहीं, इससे उनको क्या मतलब, ये तो सेवैयाँ खाएँगे। वह क्या जानें कि अब्बाजान क्यों तेजी से चौधरी कायमअली के घर दौड़े जा रहे हैं! उन्हें क्या

खबर कि चौधरी आज आँखें बदल लें, तो यह सारी ईद मुहर्रम हो जाए। उनकी अपनी जेबों में तो कुबेर का धन भरा हुआ है। बार-बार जेब से अपना ख़ज़ाना निकालकर गिनते हैं और खुश होकर फिर रख लेते हैं। महमूद गिनता है, एक-दो, दस-बारह। उसके पास बारह पैसे हैं। मोहसिन के पास एक, दो, तीन, आठ, नौ, पंद्रह पैसे हैं। इन्हीं अनगिनती पैसों में अनगिनती चीजें लाएँगे-खिलौने, मिठाइयाँ, बिगुल, गेंद और जाने क्या-क्या! और सबसे ज्यादा प्रसन्न है हामिद। वह चार-पाँच साल का ग़रीब-सूरत, दुबला-पतला लड़का, जिसका बाप गत वर्ष हैजे की भेंट हो गया और माँ न जाने क्यों पीली होती-होती एक दिन मर गई। किसी को पता न चला, क्या बीमारी है। कहती भी तो कौन सुनने वाला था। दिल पर जो बीतती थी, वह दिल ही में सहती और जब न सहा गया तो संसार से विदा हो गई। अब हामिद अपनी बूढ़ी दादी अमीना की गोद में सोता है और उतना ही प्रसन्न है। उसके अब्बाजान रुपए कमाने गए हैं। बहुत-सी थैलियाँ लेकर आएँगे। अम्मीजान अल्लाहमियाँ के घर से उसके लिए बड़ी अच्छी-अच्छी चीज़ें लाने गई हैं, इसलिए हामिद प्रसन्न है। आशा तो बड़ी चीज है और फिर बच्चों की आशा! उनकी कल्पना तो छोटी-सी बात को भी बड़ा बना लेती है। हामिद के पाँव में जूते नहीं हैं, सिर पर एक पुरानी-धुरानी टोपी, जिसका गोटा काला पड़ गया है, फिर भी वह प्रसन्न है। जब उसके अब्बजान थैलियाँ और अम्मीजान तरह-तरह की वस्तुएँ लेकर आएँगी तो वह दिल के अरमान निकाल लेगा। तब देखेगा महमूद, मोहसिन, नूरे और सम्मी कहाँ से उतने पैसे निकालेंगे। अभागिनी अमीना अपनी कोठरी में बैठी रो रही है। आज ईद का दिन और उसके घर में दाना नहीं। आज आबिद होता तो क्या इसी तरह ईद आती और चली जाती? इस अंधकार और निराशा में वह डूबी जा रही है। किसने बुलाया था इस निगोड़ी ईद को? इस घर में उसका काम

8 ईदगाह और अन्य कहानियां

नहीं, लेकिन हामिद! उसे किसी के मरने-जीने से क्या मतलब? उसके अंदर प्रकाश है, बाहर आशा। मुसीबत अपना सारा दलबल लेकर आए, हामिद की आनंद-भरी चितवन उसका नाश कर देगी।

हामिद भीतर जाकर दादी से कहता है- 'तुम डरना नहीं अम्मा, मैं सबसे पहले जाऊँगा। बिलकुल न डरना।'

अमीना का दिल कचोट रहा है। गाँव के बच्चे अपने-अपने बाप के साथ जा रहे हैं। हामिद का बाप अमीना के सिवा और कौन है? उसे कैसे अकेले मेले जाने दे! उस भीड़-भाड़ में बच्चा कहीं खो जाए तो क्या हो! नहीं, अमीना उसे यों न जाने देगी। नन्हीं-सी जान, तीन कोस चलेगा कैसे? पैर में छाले पड़ जाएँगे। जूते भी तो नहीं हैं। वह थोड़ी-थोड़ी दूर पर उसे गोद ले लेगी, लेकिन यहाँ सेवैयाँ कौन पकाएगा? पैसे होते तो लौटते-लौटते सब सामान जमा करके चटपट बना लेती। यहाँ तो घंटों चीज़ों जमा करते लगेंगे। माँग ही का तो भरोसा ठहरा। उस दिन फहीमन के कपड़े सिए थे। आठ आने पैसे मिले थे। उस अठन्नी को ईमान की तरह बचाती चली आती थी, इसी ईद के लिए। लेकिन कल ग्वालन सिर पर सवार हो गई तो क्या करती। हामिद के लिए कुछ नहीं है तो दो पैसे का दूध तो चाहिए ही। अब तो कुल दो आने पैसे बच रहे हैं। तीन पैसे हामिद की जेब में, पाँच अमीना के बटवे में। अल्लाह ही बेड़ा पार लगाएगा। धोबन और नाइन और मेहतरानी और चूड़िहारिन सभी तो आएँगी। सभी को सेवैयाँ चाहिए और थोड़ा किसी की आँखों नहीं लगता। किस-किस से मुँह चुराएगी! और मुँह क्यों चुराए? साल-भर का त्यौहार है। जिंदगी सकुशल से रहे, उनका भाग्य भी तो उसी के साथ है। बच्चे को खुदा सकुशल रखे, ये दिन भी कट जाएँगे।

गाँव से मेला चला। और बच्चों के साथ हामिद भी जा रहा था। कभी सबके सब दौड़कर आगे निकल जाते। फिर किसी पेड़

के नीचे खड़े होकर साथ वालों की प्रतीक्षा करते। ये लोग क्यों इतना धीरे चल रहे हैं? हामिद के पैरों में तो जैसे पर लग गए हैं। वह कभी थक सकता है? शहर का अंतिम सिरा आ गया। सड़क के दोनों ओर अमीरों के बगीचे हैं। पक्की चारदीवारी बनी हुई है। पेड़ों में आम और लीचियाँ लगी हुई हैं। कभी-कभी कोई लड़का कंकड़ी उठाकर आम पर निशाना लगाता है। माली अंदर से गाली देता हुआ निकलता है। लड़के वहाँ से एक फर्लांग पर हैं। खूब हँस रहे हैं। माली को कैसा उल्लू बनाया है।

बड़ी-बड़ी इमारतें आने लगीं। यह अदालत हैं, यह कॉलेज है, यह क्लबघर है। इतने बड़े कॉलेज में कितने लड़के पढ़ते होंगे। सब लड़के नहीं हैं जी। बड़े-बड़े आदमी हैं, सच! उनकी बड़ी-बड़ी मूँछे हैं, इतने बड़े हो गए, अभी तक पढ़ते जाते हैं। न जाने कब तक पढ़ेंगे और क्या करेंगे इतना पढ़कर? हामिद के स्कूल में दो-तीन बड़े-बड़े लड़के हैं, बिल्कुल तीन कौड़ी के, रोज मार खाते है।, काम से जी चुराने वाले। इस जगह भी उसी तरह के लोग होंगे और क्या। क्लबघर में जादू होता है। सुना है, यहाँ मुरदे की खोपड़ियाँ दौड़ती हैं और बड़े-बड़े तमाशे होते हैं, पर किसी को अंदर नहीं जाने देते। और यहाँ शाम को साहब लोग खेलते हैं। बड़े-बड़े आदमी खेलते हैं, मूँछों-दाढ़ी वाले और मेमें भी खेलती हैं, सच। हमारी अम्मा को वह दे दो, क्या नाम है, बैट तो उसे पकड़ ही नहीं सकें। घुमाते ही लुढ़क न जाएँ।

महमूद ने कहा- 'हमारी अम्मीजान का तो हाथ काँपने लगे, अल्ला कसम।'

मोहसिन बोला- 'अम्मी मनों आटा पीस डालती हैं। ज़रा-सा बैट पकड़ लेंगी तो हाथ काँपने लगेंगे। सैकड़ों घड़े पानी रोज निकालती हैं। पाँच घड़े तो मेरी भैंस पी जाती हैं। किसी मेम को एक घड़ा पानी भरना पड़े तो आँखों तले अँधेरा आ जाए।'

10 *ईदगाह और अन्य कहानियां*

महमूद- 'लेकिन दौड़ती तो नहीं, उछल-कूद तो नहीं सकतीं।'

मोहसिन- 'हाँ, उछल-कूद नहीं सकतीं, लेकिन उस दिन मेरी गाय खुल गई थी और चौधरी के खेत में जा पड़ी थी, तो अम्माँ इतनी तेज़ दौड़ीं कि मैं उन्हें पा न सका, सच!'

आगे चलें। हलवाइयों की दुकानें शुरू हुई। आज खूब सजी हुई थीं। इतनी मिठाइयाँ कौन खाता है? देखो न एक-एक दुकान पर मनों होंगी। सुना है रात को जिन्न आकर खरीद ले जाते हैं। अब्बा कहते थे कि आधी रात को एक आदमी दुकान पर जाता है और जितना माल बचा होता है, वह तुलवा लेता है और सचमुच के रुपए देता है, बिलकुल ऐसे ही रुपए।

हामिद को विश्वास न हुआ- 'ऐसे रुपए जिन्नात को कहाँ से मिल जाएँगे?'

मोहसिन ने कहा- 'जिन्नात को रुपए की क्या कमी? जिस खजाने में चाहें, चले जाएँ। लोहे के दरवाजे इन्हें नहीं रोक सकते जनाब, आप हैं किस फेर में। हीरे-जवाहरात तक उनके पास रहते हैं। जिससे खुश हो गए, उसे टोकरों जवाहरात दे दिए। अभी यहीं बैठे हैं, पाँच मिनट में कलकत्ता पहुँच जाएँ।'

हामिद ने फिर पूछा- 'जिन्नात बहुत बड़े-बड़े होते होंगे।'

मोहसिन- 'एक-एक आसमान के बराबर होता है जी। जमीन पर खड़ा हो जाए तो उसका सिर आसमान से जा लगे, मगर चाहे तो एक लोटे में घुस जाए।'

हामिद- 'लोग उन्हें कैसे खुश करते होंगे? कोई मुझे वह मंतर बता दे तो एक जिन्न को खुश कर लूँ।'

मोहसिन- 'अब यह तो मैं नहीं जानता, लेकिन चौधरी साहब के काबू में बहुत से जिन्न हैं। कोई चीज़ चोरी चली जाए, चौधरी साहब उसका पता लगा देंगे और चोर का नाम भी बता देंगे। जुमराती का बछवा उस दिन खो गया था। तीन दिन हैरान हुए, कहीं न मिला। तब झख मारकर चौधरी के पास गए। चौधरी ने

तुरंत बता दिया कि मवेशीखाने में है और वहीं मिला। जिन्नात आकर उन्हें सारे जहान की ख़बर दे जाते हैं।'

अब उसकी समझ में आ गया कि चौधरी के पास क्यों इतना धन है, और क्यों उनका इतना सम्मान है!

आगे चलें। यह पुलिस लाइन है। यहीं सब कानिसटिबिल परेड करते हैं। रैटन! फाय फो! रात को बेचारे घूम-घूमकर पहरा देते हैं, नहीं चोरियाँ हो जाएँ।

मोहसिन ने विरोध किया-'यह कानिसटिबिल पहरा देते हैं? तभी तुम बहुत जानते हो। अजी हज़ारत, यही चोरी कराते हैं। शहर के जितने चोर-डाकू हैं, सब इनसे मिलते हैं। रात को ये लोग चोरों से कहते हैं कि चोरी करो और आप दूसरे मुहल्ले में जाकर 'जागते रहो! जागते रहो!' पुकारते हैं। जभी इन लोगों के पास इतने पैसे आते हैं। मेरे मामू एक थाने में कानिसटिबिल हैं। बीस रुपए महीना पाते हैं, लेकिन पचास रुपये घर भेजते हैं। अल्ला कसम मैंने एक बार पूछा था कि मामू, आप इतने रुपए कहाँ से पाते हैं? हँसकर कहने लगे-बेटा, अल्लाह देता है। फिर आप ही बोले-हम लोग चाहें तो एक दिन में लाखों मार लाएँ। हम तो इतना ही लेते हैं, जिसमें अपनी बदनामी न हो और नौकरी न चली जाए।

हामिद ने पूछा- 'यह लोग चोरी करवाते हैं, तो कोई उन्हें पकड़ता नहीं?'

मोहसिन उसकी नासमझी पर दया दिखाकर बोला, 'अरे पागल, इन्हें कौन पकड़ेगा? पकड़ने वाले तो यह लोग खुद हैं। लेकिन अल्लाह इन्हें सजा भी खूब देता है। हराम का माल हराम में जाता है। थोड़े ही दिन हुए मामू के घर आग लग गई। सारी लेई-पूँजी जल गई। एक बरतन तक न बचा। कई दिन पेड़ के नीचे सोए, अल्ला कसम, पेड़ के नीचे। फिर न जाने कहाँ से एक सौ रुपए कर्ज लाए तो बरतन-भाँडे आये।'

हामिद– 'एक सौ तो पचास से ज्यादा होते हैं?'

'कहाँ पचास, कहाँ एक सौ। पचास एक थैली–भर होता है। सौ तो दो थैलियों में भी न आएँ।'

अब बस्ती घनी होने लगी थी। ईदगाह जाने वालों की टोलियाँ दिखाई देने लगीं। एक से एक भड़कीले वस्त्र पहने हुए, कोई इक्के–ताँगे पर सवार, कोई मोटर पर, सभी इत्र में बसे, सभी के दिलों में उमंग। ग्रामीणों का वह छोटा–सा दल, अपनी गरीबी से अपरिचित, संतोष और धैर्य में मगन चला जा रहा था। बच्चों के लिए नगर की सभी चीजें अनोखी थीं। जिस चीज की ओर ताकते, ताकते ही रह जाते। और पीछे से बार–बार हॉर्न की आवाज होने पर भी न चेतते। हामिद तो मोटर के नीचे जाते–जाते बचा।

सहसा ईदगाह नजर आया। ऊपर इमली के घने वृक्षों की छाया है। नीचे पक्का फर्श है, जिस पर दरी बिछी हुई है और रोजेदारों की पंक्तियाँ एक के पीछे एक न जाने कहाँ तक चली गई हैं, पक्की जगत के नीचे तक, जहाँ जाज़िम भी नहीं है। नए आने वाले आकर पीछे की कतार में खड़े हो जाते हैं। आगे जगह नहीं है। यहाँ कोई धन और पद नहीं देखता। इस्लाम की निगाह में सब बराबर हैं। इन ग्रामीणों ने भी वज़ू किया और पिछली पंक्ति में खड़े हो गए। कितना सुंदर संचालन है, कितनी सुंदर व्यवस्था! लाखों सिर एक साथ सजदे में झुक जाते हैं, फिर सब–के–सब एक साथ खड़े हो जाते हैं। एक साथ झुकते हैं और एक साथ घुटनों के बल बैठ जाते हैं। कई बार यही क्रिया होती है, जैसे बिजली की लाखों बत्तियाँ एक साथ जल रही हों और एक साथ बुझ जाएँ और यही क्रम चलता रहे। कितना अपूर्व दृश्य था, जिसकी एक साथ की गई क्रियाएँ, विस्तार और अनंतता हृदय को श्रद्धा, गर्व और आनंद से भर देती थीं। मानो भाईचारे का एक सूत्र इन समस्त आत्माओं को एक लड़ी में पिरोए हुए है।

नमाज खत्म हो गई है, लोग आपस में गले मिल रहे हैं। तब मिठाई और खिलौने की दुकान पर धावा होता है। ग्रामीणों का वह दल इस विषय में बालकों से कम उत्साही नहीं है। यह देखो, हिंडोला है। एक पैसा देकर चढ़ जाओ। कभी आसमान पर जाते हुए मालूम होंगे, कभी जमीन पर गिरते हुए। यह चर्खी है, लकड़ी के हाथी, घोड़े, ऊँट, छड़ों से लटके हुए हैं। एक पैसा देकर बैठ जाओ, और पच्चीस चक्करों का मज़ा लो। महमूद और मोहसिन, नूरे और सम्मी इन घोड़ों और ऊँटों पर बैठते हैं। हामिद दूर खड़ा है। तीन ही पैसे तो उसके पास हैं। अपने कोष का एक तिहाई, जरा-सा चक्कर खाने के लिए, वह नहीं दे सकता।

सब चर्खियों से उतरे हैं। अब खिलौने लेंगे। इधर दुकानों की कतार लगी हुई है। तरह-तरह के खिलौने हैं। सिपाही और गुजरिया, राजा और वकील, भिश्ती और धोबिन और साधु। वाह! कितने सुंदर खिलौने हैं। अब बोलना ही चाहते हैं। अहमद सिपाही लेता है, खाकी वर्दी और लाल पगड़ीवाला, कंधे पर बंदूक रखे हुए। मालूम होता है, अभी परेड किए चला आ रहा है। मोहसिन को भिश्ती पसंद आया। कमर झुकी हुई, ऊपर मशक रखे हुए है। मशक का मुँह एक हाथ से पकड़े हुए है। कितना प्रसन्न है। शायद कोई गीत गा रहा है। बस, मशक से पानी उड़ेलना चाहता है। नूरे को वकील से प्रेम है। कैसी योग्यता है, उसके मुख पर। काला चोगा, नीचे सफेद अचकन, अचकन के सामने की जेब में घड़ी, सुनहरी जंजीर, एक हाथ में कानून का पोथा लिए हुए है। मालूम होता है, अभी किसी अदालत में वाद-विवाद या बहस किए चले आ रहे हैं। ये सब दो-दो पैसे के खिलौने हैं। हामिद के पास कुल तीन पैसे हैं, इतने महँगे खिलौने वह कैसे ले? खिलौना कहीं हाथ से छूट पड़े, तो चूर-चूर हो जाए। जरा पानी पड़े तो सारा रंग धुल जाए। ऐसे खिलौने लेकर वह क्या करेगा, किस काम के?

मोहसिन कहता है- 'मेरा भिश्ती रोज पानी दे जाएगा, साँझ-सवेरे।'

महमूद- 'और मेरा सिपाही घर का पहरा देगा। कोई चोर आएगा, तो फौरन बंदूक से फैर कर देगा।'

नूरे- 'और मेरा वकील खूब मुकद्दमा लड़ेगा।'

सम्मी- 'और मेरी धोबिन रोज कपड़े धोएगी।'

हामिद खिलौनों की निंदा करता है-मिट्टी ही के तो हैं, गिरें तो चकनाचूर हो जाएँ। लेकिन ललचाई हुई आँखों से खिलौनों को देख रहा है और चाहता है कि ज़रा देर के लिए उन्हें हाथ में ले सकता। उसके हाथ अचानक ही लपकते हैं, लेकिन लड़के इतने त्यागी नहीं होते, विशेषकर जब अभी नया शौक़ हो। हामिद ललचाता रह जाता है।

खिलौनों के बाद मिठाइयाँ आती हैं। किसी ने रेवड़ियाँ ली हैं, किसी ने गुलाब? जामुन, किसी ने सोहन हलवा। मज़े से खा रहे हैं। हामिद बिरादरी से अलग है। अभागे के पास तीन पैसे हैं। क्यों नहीं कुछ लेकर खाता? ललचाई आँखों से सबकी ओर देखता है।

मोहसिन कहता है- 'हामिद, रेवड़ी ले जा, कितनी खुशबूदार हैं।'

हामिद को संदेह हुआ, यह केवल क्रूर विनोद है। मोहसिन इतना उदार नहीं है, लेकिन यह जानकर भी उसके पास जाता है। मोहसिन दोने से एक रेवड़ी निकालकर हामिद की ओर बढ़ाता है। हामिद हाथ फैलाता है। मोहसिन रेवड़ी अपने मुँह में रख लेता है। महमूद, नूरे और सम्मी खूब तालियाँ बजा-बजा कर हँसते हैं। हामिद खिसिया जाता है।

मोहसिन- 'अच्छा, अब की जरूर देंगे हामिद, अल्ला कसम, ले जा।'

हामिद-'रखे रहो। क्या मेरे पास पैसे नहीं हैं?'

सम्मी- 'तीन ही पैसे तो हैं। तीन पैसे में क्या-क्या लोगे?'

अहमद- 'हमसे गुलाब जामुन ले जा हामिद। मोहसिन बदमाश है।'

हामिद- 'मिठाई कौन बड़ी चीज है! किताब में इसकी कितनी बुराइयाँ लिखी हैं।'

मोहसिन- 'लेकिन दिल में कह रहे होंगे कि मिले तो खा लें। अपने पैसे क्यों नहीं निकालते?'

महमूद- 'हम समझते हैं इसकी चालाकी। जब हमारे पैसे खर्च हो जाएँगे, तो हमें ललचा-ललचाकर खाएगा।'

मिठाइयों के बाद कुछ दुकानें लोहे की चीजों की हैं, कुछ गिलट और कुछ नकली गहनों की। लड़कों के लिए यहाँ कोई आकर्षण न था। वह सब आगे बढ़ जाते हैं। हामिद लोहे की दुकान पर रुक जाता है। कई चिमटे रखे हुए थे। उसे ख़याल आया, दादी के पास चिमटा नहीं है। तवे से रोटियाँ उतारती हैं, तो हाथ जल जाता है। अगर वह चिमटा ले जाकर दादी को दे दे, तो वह कितनी प्रसन्न होंगी! फिर उनकी उँगलियाँ कभी न जलेंगी। घर में एक काम की चीज हो जाएगी। खिलौने से क्या लाभ। व्यर्थ में पैसे खराब होते हैं। जरा देर ही तो खुशी होती है, फिर तो खिलौने को कोई आँख उठाकर नहीं देखता। यह तो घर पहुँचते-पहुँचते टूट-फूटकर बराबर हो जाएँगे। चिमटा कितने काम की चीज है। रोटियाँ तवे से उतार लो, चूल्हे में सेंक लो, कोई आग माँगने आए तो चटपट चूल्हे से आग निकालकर उसे दो दो। अम्मा बेचारी को कहाँ फुरसत है कि बाजार आए और इतने पैसे ही कहाँ मिलते हैं। रोज हाथ जला लेती हैं। हामिद के साथी आगे बढ़ गए हैं। प्याऊ पर सबके-सब शर्बत पी रहे हैं। देखें, सब कितने लालची हैं। इतनी मिठाइयाँ लीं, मुझे किसी ने एक भी न दी। उस पर कहते हैं, मेरे साथ चलो। मेरा यह काम करो। अब अगर किसी ने कोई काम करने को कहा, तो पूछूँगा। खाएँ मिठाइयाँ, आप मुँह सड़ेगा, फोड़े-फुंसियाँ निकलेंगी, आप ही जबान चटोरी हो जाएगी। अब घर से पैसे चुराएँगे और मार खाएँगे। किताब में झूठी बातें थोड़े ही लिखी हैं। मेरी जबान क्यों खराब होगी? अम्मा

चिमटा देखते ही दौड़कर मेरे हाथ से ले लेंगी और कहेंगी–मेरा बच्चा अम्मा के लिए चिमटा लाया है। हजारों दुआएँ देंगी। फिर पड़ोस की औरतों को दिखाएँगी। सारे गाँव में चर्चा होने लगेगी, हामिद चिमटा लाया है। कितना अच्छा लड़का है! इन लोगों के खिलौने पर कौन इन्हें दुआएँ देगा? बड़ों की दुआएँ सीधे अल्लाह के दरबार में पहुँचती हैं और तुरंत सुनी जाती हैं। मेरे पास पैसे नहीं हैं। तभी तो मोहसिन और महमूद यों नखरे दिखाते हैं। मैं भी इनसे मिज़ाज दिखाऊँगा। खेलें खिलौने और खाएँ मिठाइयाँ, मैं नहीं खेलता खिलौने, किसी का मिज़ाज क्यों सहूँ? मैं गरीब सही, किसी से कुछ माँगने तो नहीं जाता। आखिर अब्बाजान कभी-न-कभी आएँगे। अम्मा भी आएँगी। फिर इन लोगों से पूछूँगा, कितने खिलौने लोगे? एक-एक को टोकरियों खिलौने दूँ और दिखा दूँ कि दोस्तों के साथ इस तरह व्यवहार किया जाता है। यह नहीं कि एक पैसे की रेवड़ियाँ लीं, तो चिढ़ा-चिढ़ाकर खाने लगे। सबके-सब हँसेंगे कि हामिद ने चिमटा लिया है। हँसें, मेरी बला से। उसने दूकानदार से पूछा, 'यह चिमटा कितने का है?'

दुकानदार ने उसकी ओर देखा और कोई आदमी साथ न देखकर कहा, 'यह तुम्हारे काम का नहीं है जी।'

'बिकाऊ है कि नहीं?'

'बिकाऊ क्यों नहीं है? और यहाँ क्यों लाद लाए हैं?'

'तो बताते क्यों नहीं, कै पैसे का है?'

'छ: पैसे लगेंगे।'

हामिद का दिल बैठ गया।

'ठीक-ठीक बताओ।'

'ठीक-ठीक पाँच पैसे लगेंगे, लेना हो लो, नहीं चलते बनो।'

हामिद ने कलेजा मजबूत करके कहा– 'तीन पैसे लोगे?'

यह कहता हुआ वह आगे बढ़ गया कि दुकानदार की घुड़कियाँ न सुने। लेकिन दुकानदार ने घुड़कियाँ नहीं दीं। बुलाकर

चिमटा दे दिया। हामिद ने उसे इस तरह कंधे पर रखा, मानो बंदूक है, और शान से अकड़ता हुआ संगियों के पास आया। जरा सुनें, सबके सब क्या-क्या आलोचनाएँ करते हैं?

मोहसिन ने हँसकर कहा- 'यह चिमटा क्यों लाया पगले? इसे क्या करेगा?'

हामिद ने चिमटे को पटककर कहा- 'जरा अपना भिश्ती जमीन पर गिरा दो। सारी पसलियाँ चूर-चूर हो जाएँ बच्चा की।'

महमूद बोला- 'यह चिमटा कोई खिलौना है?'

हामिद, 'खिलौना क्यों नहीं है। अभी कंधे पर रखा, बंदूक हो गई। हाथ में लिया, फकीरों का चिमटा हो गया। चाहूँ तो इससे मजीरे का काम ले सकता हूँ। एक चिमटा जमा दूँ, तो तुम लोगों के सारे खिलौनों की जान निकल जाए। तुम्हारे खिलौने कितना ही जोर लगावें, मेरे चिमटे का बाल भी बाँका नहीं कर सकते। मेरा बहादुर शेर है-चिमटा।'

सम्मी ने खंजरी ली थी। प्रभावित होकर बोला- 'मेरी खंजरी से बदलोगे? दो आने की है।'

हामिद ने खंजरी की ओर उपेक्षा से देखा- 'मेरा चिमटा चाहे तो तुम्हारी खंजरी का पेट फाड़ डाले। बस, एक चमड़े की परत लगा दी, ढब-ढब बोलने लगी। ज़रा-सा पानी लग जाए तो खतम हो जाए। मेरा बहादुर चिमटा आग में, पानी में, आँधी में, तूफ़ान में बराबर डटा खड़ा रहेगा।'

चिमटे ने सभी को मोहित कर लिया, लेकिन अब पैसे किसके पास धरे हैं। फिर मेले से दूर निकल आए हैं, नौ कब के बज गए, धूप तेज़ हो रही है, घर पहुँचने की जल्दी हो रही है। बाप से जिद भी करें, तो चिमटा नहीं मिल सकता। हामिद है बड़ा चालाक। इसीलिए बदमाश ने अपने पैसे बचा रखे थे।

अब बालकों के दो दल हो गए हैं। मोहसिन, महमूद, सम्मी और नूरे एक तरफ़ हैं, हामिद अकेला दूसरी तरफ़, वाद-विवाद

हो रहा है। सम्मी तो धर्म-विरोधी हो गया। दूसरे पक्ष से जा मिला, लेकिन मोहसिन, महमूद और नूरे भी, हामिद से एक-एक दो-दो साल बड़े होने पर भी हामिद के प्रहारों से भयभीत हो उठे हैं। उसके पास न्याय का बल है और नीति की शक्ति। एक ओर मिट्टी है, दूसरी और लोहा। जो इस समय अपने को फौलाद कह रहा है, वह अजेय है, घातक है। अगर कोई शेर आ जाए, तो भिश्ती मियाँ के छक्के छूट जाएँ, मियाँ सिपाही मिट्टी की बंदूक छोड़कर भागें, वकील साहब की नानी मर जाए, चोगे में मुँह छिपाकर ज़मीन पर लेट जाएँ। मगर यह चिमटा, यह बहादुर रुस्तमे-हिंद लपककर शेर की गर्दन पर सवार हो जाएगा और उसकी आँखें निकाल लेगा।

मोहसिन ने एड़ी-चोटी का जोर लगाकर कहा- 'अच्छा, पानी तो नहीं भर सकता।'

हामिद ने चिमटे को सीधा खड़ा करके कहा- 'भिश्ती को एक डाँट लगाएगा तो दौड़ा हुआ पानी लाकर उसके द्वार पर छिड़कने लगेगा।'

मोहसिन हार गया पर महमूद ने सहायता पहुँचाई- 'अगर बच्चा पकड़े जाएँ तो अदालत में बँधे-बँधे फिरेंगे। तब तो वकील साहब के ही पैरों पड़ेंगे।'

हामिद इस शक्तिशाली तर्क का जवाब न दे सका। उससे पूछा- 'हमें पकड़ने कौन आएगा?'

नूरे ने अकड़कर कहा- 'यह सिपाही बंदूक वाला।'

हामिद ने मुँह चिढ़ाकर कहा- 'यह बेचारे हम बहादुर रुस्तमे-हिंद को पकड़ेंगे अच्छा लाओ, अभी जरा कुश्ती हो जाए। इनकी सूरत देखकर दूर से भागेंगे, पकड़ेंगे क्या बेचारे!'

मोहसिन को एक नई चोट सूझ गई, 'तुम्हारे चिमटे का मुँह रोज आग में जलेगा।'

उसने समझा था कि हामिद उत्तर न दे सकेगा। लेकिन यह

बात न हुई। हामिद ने तुरंत जवाब दिया, 'आग में बहादुर ही कूदते हैं जनाब। तुम्हारे यह वकील, सिपाही और भिश्ती महिलाओं की तरह घर में घुस जाएँगे। आग में कूदना वह काम है, जो रुस्तमे-हिंद ही कर सकता है।'

महमूद ने एक जोर और लगाया, 'वकील साहब कुरसी-मेज पर बैठेंगे, तुम्हारा चिमटा तो रसोईघर में पड़ा रहेगा।'

इस तर्क ने सम्मी और नूरे को भी सजीव कर दिया। कितनी समझदारी की बात की है इसने! चिमटा रसोईघर में पड़े रहने के सिवा और क्या कर सकता है।

हामिद को कोई फड़कता हुआ जवाब न सूझा तो उसने बेईमानी शुरू की, 'मेरा चिमटा बावर्चीखाने में नहीं रहेगा। वकील साहब कुर्सी पर बैठेंगे, तो जाकर उन्हें जमीन पर पटक देगा और उनका कानून उनके पेट में डाल देगा।'

बात कुछ बनी नहीं। खासी गाली-गलौज थी, लेकिन कानून को पेट में डालने वाली बात छा गई। ऐसी छा गई कि तीनों सूरमा मुँह ताकते रह गए। हामिद ने मैदान मार लिया। उसका चिमटा रुस्तमे-हिंद है। अब इसमें मोहसिन, महमूद, नूरे, सम्मी किसी को विरोध नहीं हो सकता।

विजेता को हारने वालों से जो सत्कार मिलना स्वाभाविक है, वह हामिद को भी मिला। औरों ने तीन-तीन, चार-चार आने पैसे खर्च किए पर कोई काम की चीज न ले सके। हामिद ने तीन पैसे में रंग जमा लिया। सच ही तो है, खिलौने का क्या भरोसा? टूट-फूट जाएँगे। हामिद का चिमटा बना रहेगा, बरसों।

समझौते के नियम तय होने लगे। मोहसिन ने कहा- 'जरा अपना चिमटा दो, हम भी देखें। तुम हमारा भिश्ती लेकर देखो।'

महमूद और नूरे ने भी अपने-अपने खिलौने पेश किए।

हामिद को इन शर्तों के मानने में कोई आपत्ति न थी। चिमटा

ईदगाह और अन्य कहानियां

बारी-बारी से सबके हाथ में गया और उनके खिलौने बारी-बारी से हामिद के हाथ में आए। कितने खूबसूरत खिलौने हैं!

हामिद ने हारने वालों के आँसू पोंछे- 'मैं तुम्हें चिढ़ा रहा था, सच। यह लोहे का चिमटा भला इन खिलौनों की क्या बराबरी करेगा! मालूम होता है, अब बोले, अब बोले।'

लेकिन मोहसिन की पार्टी को इस दिलासे से संतोष नहीं होता। चिमटे का प्रभाव खूब बैठ गया है। चिपका हुआ टिकट अब पानी से नहीं छूट रहा।

मोहसिन- 'लेकिन इन खिलौनों के लिए कोई हमें दुआ तो न देगा?'

महमूद- 'दुआ के लिए फिरते हो। उलटे मार न पड़े। अम्मा जरूर कहेंगी कि मेले में यही मिट्टी के खिलौने तुम्हें मिले?'

हामिद को स्वीकार करना पड़ा कि खिलौने को देखकर किसी की माँ इतनी खुश न होंगी, जितनी दादी चिमटे को देखकर होंगी। तीन पैसों ही में तो सब कुछ करना था, और उन पैसों के इस उपयोग पर पछतावे की बिलकुल जरूरत न थी। फिर अब तो चिमटा रुस्तमे-हिंद है और सभी खिलौनों का बादशाह।

रास्ते में महमूद को भूख लगी। उसके बाप ने केले खाने को दिए। महमूद ने केवल हामिद को साझी बनाया। उसके अन्य मित्र मुँह ताकते रह गए। यह उस चिमटे का प्रसाद था।

ग्यारह बजे सारे गाँव में हलचल मच गई। मेले वाले आ गए। मोहसिन की छोटी बहन ने दौड़कर भिश्ती उसके हाथ से छीन लिया और मारे खुशी के जो उछली, तो मियाँ भिश्ती नीचे आ रहे और सुरलोक सिधारे। इस पर भाई-बहन में मार-पीट हुई। दोनों खूब रोए। उनकी अम्मां ये शोर सुनकर बिगड़ीं और दोनों को ऊपर से दो-दो चाँटे और लगाए।

मियाँ नूरे के वकील का अंत उसके सम्मान के अनुसार इससे ज्यादा गौरवपूर्ण तरीके से हुआ। वकील जमीन पर या ताक पर तो

नहीं बैठ सकता। उसकी मर्यादा का विचार तो करना ही होगा। दीवार में दो खूँटियाँ गाड़ी गईं। उन पर लकड़ी का एक पटरा रखा गया। पटरे पर कागज का कालीन बिछाया गया। वकील साहब राजा भोज की भाँति सिंहासन पर बिराजे। नूरे ने उन्हें पंखा झलना शुरू किया। अदालतों में खस की टट्टियाँ और बिजली के पंखे रहते हैं। क्या यहाँ मामूली पंखा भी न हो? कानून की गर्मी दिमाग पर चढ़ जाएगी कि नहीं। बाँस का पंखा आया और नूरे हवा करने लगे। मालूम नहीं, पंखे की हवा से या पंखे की चोट से वकील साहब स्वर्ग-लोक से मृत्यु-लोक में आ रहे, और उनका माटी का चोला माटी में मिल गया। बड़े जोर-शोर से दुख मनाया गया और वकील साहब की हड्डियाँ घूरे पर डाल दी गईं।

अब रहा महमूद का सिपाही। उसे चटपट गाँव का पहरा देने का चार्ज मिल गया। लेकिन पुलिस का सिपाही कोई साधारण व्यक्ति तो था नहीं, जो अपने पैरों चले। वह पालकी पर चलेगा। एक टोकरी आई, उसमें कुछ लाल रंग के फटे-पुराने चिथड़े बिछाए गए, जिसमें सिपाही साहब आराम से लेटे। नूरे ने यह टोकरी उठाई और अपने द्वार का चक्कर लगाने लगे। उनके दोनों छोटे भाई सिपाही की तरफ से 'छोने वाले, जागते रहो' पुकारते हैं। मगर रात तो अँधेरी होनी चाहिए। महमूद को ठोकर लग जाती है। टोकरी उसके हाथ से छूटकर गिर पड़ती है और मियाँ सिपाही अपनी बंदूक लिए जमीन पर आ जाते हैं और उनकी एक टाँग में खराबी आ जाती है। महमूद को आज पता चला कि वह अच्छा डॉक्टर है। उसको ऐसा मरहम मिल गया है, जिससे वह टूटी टाँग को तुरंत जोड़ सकता है। केवल गूलर का दूध चाहिए। गूलर का दूध आता है। टाँग जोड़ दी जाती है। आपरेशन असफल हुआ, तब उसकी दूसरी टाँग भी तोड़ दी जाती है। अब कम-से-कम एक जगह आराम से बैठ तो सकता है। एक टाँग से तो न चल सकता था, न बैठ सकता था। अब वह सिपाही संन्यासी हो गया है। अपनी जगह पर बैठा-बैठा पहरा देता है। कभी-कभी देवता

भी बन जाता है। उसके सिर का झालरदार साफा मिटा दिया गया है। अब उसका जितना रूप बदलना चाहो, कर सकते हो। कभी-कभी तो उससे बाट का काम भी लिया जाता है।

अब मियाँ हामिद का हाल सुनिए। अमीना उसकी आवाज सुनते ही दौड़ी और उसे गोद में उठाकर प्यार करने लगी। सहसा उसके हाथ में चिमटा देखकर वह चौंकी।

'यह चिमटा कहाँ था?'

'मैंने मोल लिया है।'

'कै पैसे में?'

'तीन पैसे दिए।'

अमीना ने छाती पीट ली। यह कैसा बेसमझ लड़का है कि दोपहर हुआ, कुछ खाया, न पिया। लाया क्या, चिमटा। 'सारे मेले में तुझे और कोई चीज न मिली जो यह लोहे का चिमटा उठा लाया?'

हामिद ने अपराधी-भाव से कहा- 'तुम्हारी उँगलियाँ तवे से जल जाती थीं, इसलिए मैंने इसे लिया।'

बुढ़िया का क्रोध तुरंत स्नेह में बदल गया, और स्नेह भी वह नहीं, जो ज्यादा बोलने वाला होता है और अपनी सारी पीड़ा शब्दों में बिखेर देता है। यह मौन स्नेह था, खूब ठोस, रस और स्वाद से भरा हुआ। बच्चे में कितना त्याग, कितना सद्भाव और कितनी समझ है! दूसरों को खिलौना लेते और मिठाई खाते देखकर इसका मन कितना ललचाया होगा! इतना नियंत्रण इससे हुआ कैसे? वहाँ भी इसे अपनी बुढ़िया दादी की याद बनी रही। अमीना का मन गद्गद् हो गया।

और अब एक बड़ी विचित्र बात हुई। हामिद के इस चिमटे से भी विचित्र। बच्चे हामिद ने बूढ़े हामिद का पार्ट खेला था। बुढ़िया अमीना बालिका अमीना बन गई। वह रोने लगी। आँचल फैलाकर हामिद को दुआएँ देती जाती थी और आँसू की बड़ी-बड़ी बूँदें गिराती जाती थी। हामिद इसका रहस्य क्या समझता।

यही मेरा वतन है

आज पूरे साठ बरस के बाद मुझे अपने वतन, प्यारे वतन का दर्शन फिर नसीब हुआ। जिस वक्त मैं अपने प्यारे देश से विदा हुआ और किस्मत मुझे पच्छिम की तरफ ले चली, मेरी उठती जवानी थी। मेरी रगों में ताज़ा खून दौड़ता था और सीना उमंगों और बड़े-बड़े इरादों से भरा हुआ था। मुझे प्यारे हिन्दुस्तान से विदा किसी ज़ालिम की सख्तियों और इंसाफ के ज़बर्दस्त हाथों ने नहीं किया था। न ही ज़ालिम का जुल्म और कानून की सख्तियां मुझसे जो चाहें कर सकती हैं, मगर मेरा वतन मुझसे नहीं छुड़ा सकतीं। यह मेरे बुलंद इरादे और बड़े-बड़े मंसूबे थे, जिन्होंने मुझे देश निकाला दिया। मैंने अमरीका में खूब व्यापार किया, खूब दौलत कमायी और खूब ऐश किये। भाग्य से बीवी भी ऐसी पायी, जो अपने रूप में बेजोड़ थी, जिसकी खूबसूरती की चर्चा सारे अमरीका में फैली हुई थी और जिसके दिल में किसी ऐसे ख्याल की गुंजाइश भी न थी जिसका मुझसे संबंध न हो। मैं उस पर दिलोजन से न्योछावर था और वह मेरे लिए सब कुछ थी। मेरे पांच बेटे हुए सुन्दर, हृष्ट-पुष्ट और नेक, जिन्होंने व्यापार को और भी चमकाया। जिनके भोले, नन्हें बच्चे उस वक्त मेरी गोद में बैठे हुए थे, जब मैंने प्यारी मातृभूमि का अंतिम दर्शन करने के लिए कदम उठाया। मैंने बेशुमार दौलत, वफादार बीवी, सपूत बेटे और प्यारे-प्यारे जिगर के टुकड़े, ऐसी-ऐसी अनमोल नेमतें छोड़ दीं।

इसलिए कि प्यारी भारतमाता के अंतिम दर्शन कर लूं। मैं बहुत बुड्ढा हो गया था। दस और हों तो पूरे सौ बरस का हो जाऊं और अब अगर मेरे दिल में कोई आरजू बाकी है तो यही कि अपने देश की खाक में मिल जाऊं। यह आरजू कुछ आज ही मेरे मन में पैदा नहीं हुई है, उस वक्त भी थी जब कि मेरी बीवी अपनी मीठी बातों और नाजुक अदाओं से मेरा दिल खुश किया करती थी। जबकि मेरे नौजवान बेटे सवेरे आकर अपने बूढ़े बाप को अदब से सलाम करते थे, उस वक्त भी मेरे जिगर में एक कांटा-सा खटकता था और वह कांटा यह था कि मैं यहां अपने देश से निर्वासित हूं। यह देश मेरा नहीं है, मैं इस देश का नहीं हूं। धन मेरा था, बीवी मेरी थी, लड़के मेरे थे और जायदादें मेरी थीं, मगर जाने क्यों मुझे रह-रहकर अपनी मातृभूमि के टूटे-फूटे झोंपड़े, चार-छः बीघा मौरूसी ज़मीन और बचपन के लंगोटिया यारों की याद सताया करती थी और अकसर खुशियों की धूमधाम में भी यह ख़याल चुटकी लिया करता कि काश अपने देश में होता!

मगर जिस वक्त बम्बई में जहाज़ से उतरा और काले कोट-पतलून पहने, टूटी-फूटी अंग्रेजी बोलते मल्लाह देखे, फिर अंग्रेजी दुकानें, ट्रामवे और मोटर-गाड़ियां नज़र आयीं, फिर रबड़ वाले पहियों और मुंह में चुरुट दबाये आदमियों से मुठभेड़ हुई, फिर रेल का स्टेशन और रेल पर सवार होकर अपने गांव को चला, प्यारे गांव को, जो हरी-भरी पहाड़ियों के बीच में आबाद था, तो मेरी आंखों में आंसू भर आये। मैं खूब रोया, क्योंकि यह मेरा प्यारा देश न था, यह वह देश न था जिसके दर्शन की लालसा हमेशा मेरे दिल में लहरें लिया करती थी। यह कोई और देश था। यह अमरीका था, इंग्लिस्तान था, मगर प्यारा भारत नहीं।

रेलगाड़ी जंगलों, पहाड़ों, नदियों और मैदानों को पार करके मेरे प्यारे गांव के पास पहुंची, जो किसी ज़माने में फूल-पत्तों की

बहुतायत और नदी-नालों की प्रचुरता में स्वर्ग से होड़ करता था। मैं गाड़ी से उतरा तो मेरा दिल बांसों उछल रहा था - अब अपना प्यारा घर देखूंगा, अपने बचपन के साथियों से मिलूंगा। मुझे उस वक्त बिलकुल याद न रहा कि मैं नब्बे बरस का बूढ़ा आदमी हूं। ज्यों-ज्यों मैं गांव के पास पहुंचता था, मेरे कदम जल्द-जल्द उठते थे और दिल में एक ऐसी खुशी लहरें मार रही थी, जिसे बयान नहीं किया जा सकता। हर चीज़ पर आंखें फाड़-फाड़कर निगाह डालता-अहा, यह वो नाला है जिसमें हम रोज़ घोड़े नहलाते और खुद गोते लगाते थे, मगर अब इसके दोनों ओर कांटेदार तारों की चहारदीवारी खिंची हुई थी और सामने एक बंगला था, जिसमें दो-तीन अंग्रेज बंदूके लिये इधर-उधर ताक रहे थे। नाले में नहाने या नहलाने की सख्त मनाही थी। गांव में गया तो आंखें बचपन के साथियों को ढूंढने लगी, मगर अफसोस वह सब के सब मौत का निवाला बन चुके थे और मेरा टूटा-फूटा झोपड़ा, जिसकी गोद में बरसों तक खेला था, जहां बचपन और बेफिक्रियों के मज़ो लूटे थे, जिसका नक्शा अभी तक आंखों में फिर रहा है, वह अब एक मिट्टी का ढेर बन गया था। जगह गैर-आबाद न थी। सैकड़ों आदमी चलते-फिरते नज़ार आये, जो अदालत और कलक्टरी और थाने-पुलिस की बातें कर रहे थे। उनके चेहरे बेजान और फिक्र में डूबे हुए थे और वह सब दुनिया की परेशानियों से टूटे हुए मालूम होते थे। मेरे साथियों के से हृष्ट-पुष्ट, सुन्दर, गोरे-चिट्टे नौजवान कहीं न दिखायी दिये। वह अखाड़ा जिसकी मेरे हाथों ने बुनियाद डाली थी, वहां अब एक टूटा-फूटा स्कूल था और उसमें गिनती के बीमार शक्ल-सूरत के बच्चे जिनके चेहरों पर भूख लिखी थी, चिथड़े लगाये बैठे ऊंघ रहे थे। नहीं, यह मेरा देश नहीं है। यह देश देखने के लिए मैं इतनी दूर से नहीं आया। यह कोई और देश है, मेरा प्यारा देश नहीं है।

उस बरगद के पेड़ की तरफ दौड़ा, जिसकी सुहानी छाया में हमने बचपन के मज़े लूटे थे, जो हमारे बचपन का हिंडोला और जवानी का आरामगाह था। इस प्यारे बरगद को देखते ही रोना-सा आने लगा और ऐसी हसरत भरी, तड़पाने वाली और दर्दनाक यादें ताज़्ज़ी हो गयीं कि घंटों ज़मीन पर बैठकर रोता रहा। यही प्यारा बरगद है, जिसकी फुनगियों पर हम चढ़ जाते थे, जिसकी जटाएं हमारा झूला थीं और जिसके फल हमें सारी दुनिया की मिठाइयों से ज्यादा मज़ेदार और मीठे मालूम होते थे। वह मेरे गले में बांहें डालकर खेलने वाले हमजोली, जो कभी रूठते थे, कभी मनाते थे, वह कहां गये? आह, मैं बेघरबार मुसाफ़िर क्या अब अकेला हूं? क्या मेरा कोई साथी नहीं। इस बरगद के पास अब थाना और पेड़ के नीचे एक कुर्सी पर कोई लाल पगड़ी बांधे बैठा हुआ था। उसके आसपास दस-बीस और लाल पगड़ी वाले हाथ बांधे खड़े थे और एक अधनंगा अकाल का मारा आदमी, जिस पर अभी-अभी चाबुकों की बौछार हुई थी, पड़ा सिसक रहा था। मुझे ख्याल आया, यह मेरा प्यारा देश नहीं है, यह कोई और देश है, यह यूरोप है, अमरीका है, मगर मेरा प्यारा देश नहीं है, हरगिज़ नहीं।

इधर से निराश होकर मैं उस चौपाल की ओर चला, जहां शाम को पिताजी गांव के और बड़े-बूढ़ों के साथ हुक्का पीते और हंसी-दिल्लगी करते थे। हम भी उस आट पर कलाबाज़ियां खाया करते। कभी-कभी वहां पंचायत भी बैठती थी। जिसके सरपंच हमेशा पिताजी ही होते थे। इसी चौपाल से लगी हुई एक गौशाला थी, जहां गांव भर की गायें रखी जाती थी और हम यहीं बछड़ों के साथ कुलेलें किया करते थे। अफसोस, अब इस चौपाल का पता न था। वहां अब गांव के टीका लगाने का स्टेशन और एक डाकखाना था। उन दिनों इसी चौपाल से लगा हुआ एक कोल्हाड़ा था, जहां जाड़े के दिनों में ऊख पेरी जाती थी और गुड़ की महक से दिमाग तर हो जाता था। हम और हमारे हमजोली

घंटों गड़ेरियों के इंतज़ार में बैठे रहते थे और गड़ेरियां काटने वाले मज़दूरों के हाथों की तेज़ी पर अचरज करते थे, जहां सैकड़ों बार मैंने कच्चा रस और पक्का दूध मिलाकर पिया था। यहां आसपास के घरों से औरतें और बच्चे अपने-अपने घड़े लेकर आते और उन्हें रस से भरवाकर ले जाते। अफसोस, वह कोल्हू अभी ज्यों-के-त्यों गड़े हुए हैं, मगर देखो, कोल्हाड़े की जगह अब एक सन लपेटने वाली मशीन है और उसके सामने एक तंबोली और सिगरेट की दुकान है। दिल को छलनी करने वाले दृश्यों से दुखी होकर मैंने एक आदमी से, जो सूरत से शरीफ नजर आता था, कहा- 'बाबा, मैं परदेशी मुसाफिर हूं, रात भर पड़े रहने के लिए मुझे जगह दे दो।' इस आदमी ने मुझे सर से पैर तक घूरकर देखा और बोला – 'आगे जाओ, यहां जगह नहीं है।' मैं आगे गया और यहां से फिर हुक्म मिला – 'आगे जाओ।' पांचवीं बार सवाल करने पर एक साहब ने मुट्ठी भर चने मेरे हाथ पर रख दिये। चने मेरे हाथ से छूटकर गिर पड़े और आंखों से आंसू बहने लगे। हाय, यह मेरा प्यारा देश नहीं है, यह कोई और देश है। यह हमारा मेहमान और मुसाफिर की आवभगत करने वाला प्यारा देश नहीं, हरगिज़ नहीं।

मैंने एक सिगरेट की डिबिया ली और एक सुनसान जगह पर बैठकर बीते दिनों को याद करने लगा कि यकायक मुझे उस धर्मशाला का ख़याल आया, जो मेरे परदेश जाते वक्त बन रही थी। मैं उधर की तरफ लपका कि रात किसी तरह वहीं काटूं, मगर अफसोस, हाय अफसोस, धर्मशाला की इमारत ज्यों की त्यों थी, लेकिन उसमें गरीब मुसाफिरों के रहने के लिए जगह न थी। शराब और शराबखोरी, जुआ और बदचलनी का वहां अड्डा था। यह हालत देखकर बरबस दिल से एक ठंडी आह निकली, मैं जोर से चीख उठा – 'नहीं-नहीं और हज़ार बार नहीं। यह मेरा वतन, मेरा प्यारा देश, मेरा प्यारा भारत नहीं है, यह कोई और देश है। यह यूरोप है, अमरीका है, मगर भारत हरगिज़ नहीं।'

ईदगाह और अन्य कहानियां

अंधेरी रात थी। गीदड़ और कुत्ते अपने राग अलाप रहे थे। मैं दर्दभरा दिल लिये उसी नाले के किनारे जाकर बैठ गया और सोचने लगा कि अब क्या करूं? क्या फिर अपने प्यारे बच्चों के पास लौट जाऊं और अपनी नामुराद मिट्टी अमरीका की खाक में मिलाऊं? अब तो मेरा कोई वतन न था, पहले में वतन से अलग जरूर था, मगर प्यारे वतन की याद दिल में बनी हुई थी। अब बेवतन हूं, मेरा कोई वतन नहीं। इसी सोच-विचार में बहुत देर तक चुपचाप घुटनों में सिर दिये बैठा रहा। रात आंखों-ही-आंखों में कट गयी, घड़ियाल ने तीन बजाये और किसी के गाने की आवाज़ कानों में आयी। दिल ने गुदगुदाया, यह तो वतन का नगमा है, अपने देश का राग है। मैं झट उठ खड़ा हुआ। क्या देखता हूं कि पंद्रह-बीस औरतें, बूढ़ी, कमज़ोर, सफेद धोतियां पहने, हाथों में लोटे लिये स्नान को जा रही हैं और गाती जाती हैं-

प्रभु, मेरे अवगुन चित न धरो।

इस मादक और तड़पा देने वाले राग से मेरे दिल की जो हालत हुई, उसका बयान करना मुश्किल है। मैंने अमरीका की चंचल-से-चंचल, हंसमुख सुन्दरियों की अलाप सुनी थी और बहुत बार उनकी ज़बानों से मुहब्बत और प्यार के बोल सुने थे, जो मोहक गीतों से भी ज्यादा मीठे थे। मैंने प्यारे बच्चों के अधूरे बोलों और तोतली बानी का आनंद उठाया था। मैंने सुरीली चिड़ियों का चहचहाना सुना था। मगर जो लुत्फ़, जो मज़ा, जो आनंद मुझे इस गीत में आया वह ज़िन्दगी में कभी और हासिल न हुआ था। मैंने खुद गुनगुनाना शुरू किया -

प्रभु, मेरे अवगुन चित न धरो।

तन्मय हो रहा था कि फिर मुझे बहुत से आदमियों की बोलचाल सुनायी पड़ी और कुछ लोग हाथों में पीतल के कमंडल लिये शिव-शिव, हर-हर, गंगे-गंगे, नारायण-नारायण कहते हुए दिखायी दिये। मेरा दिल फिर गुदगुदाया, यह तो मेरे

देश प्यारे देश की बातें हैं। मारे खुशी के दिल बाग-बाग हो गया। मैं इन आदमियों के साथ हो लिया और एक, दो, तीन, चार, पांच, छ: मील पहाड़ी रास्ता पार करने के बाद हम उस नदी के किनारे पहुंचे, जिसका नाम 'पवित्र' है, जिसकी लहरों में डुबकी लगाना और जिसकी गोद में मरना हर हिन्दू सबसे बड़ा पुण्य समझता है। गंगा मेरे प्यारे गांव से छ: सात मील पर बहती थी और किसी जमाने में मैं सुबह के वक्त घोड़े पर चढ़कर गंगा माता के दर्शन को आया करता था। उनके दर्शन की कामना मेरे दिल में हमेशा थी। यहां मैंने हज़ारों आदमियों को इस सर्द ठिठुरते हुए पानी में डुबकी लगाते देखा। कुछ लोग बालू पर बैठे गायत्री मंत्र जप रहे थे। कुछ लोग हवन करने में लगे हुए थे। कुछ लोग माथे पर टीके लगा रहे थे। कुछ और लोग वेदमंत्र सस्वर पढ़ रहे थे। मेरे दिल ने फिर गुदगुदाया और मैं ज़ोर से कह उठा – 'हां-हां, यही मेरा देश है, यही मेरा प्यार वतन है, यही मेरा भारत है।' और इसी के दर्शन की, इसी की मिट्टी में मिल जाने की आरजू मेरे दिल में थी।

मैं खुशी से पागल हो रहा था। मैंने अपना पुराना कोट और पतलून उतार फेंका और जाकर गंगा माता की गोद में गिर पड़ा, जैसे कोई नासमझ, भोला-भाला बच्चा दिन भर पराये लोगों के साथ रहने के बाद शाम को अपनी प्यारी मां की गोद में दौड़कर चला आए, उसकी छाती से चिपट जाए। हां, अब मैं अपने देश में हूं। यह मेरा प्यारा वतन है, यह लोग मेरे भाई हैं, गंगा मेरी माता है।

मैंने ठीक गंगाजी के किनारे एक छोटी-सी झोपड़ी बनवा ली है और अब मुझे सिवाय रामनाम जपने के और कोई काम नहीं। मैं रोज़ शाम-सवेरे गंगा-स्नान करता हूं और यह मेरी लालसा है कि इसी जगह मेरा दम निकले और मेरी हड्डियां गंगा माता की लहरों की भेंट चढ़ें।

मेरे लड़के और मेरी बीवी मुझे बार-बार बुलाते हैं, मगर अब मैं यह गंगा का किनारा और यह प्यारा देश छोड़कर वहां नहीं जा सकता। मैं अपनी मिट्टी गंगाजी को सौपूंगा। अब दुनिया की कोई इच्छा, कोई आकांक्षा मुझे यहां से नहीं हटा सकती, क्योंकि यह मेरा प्यारा देश, मेरी प्यारी मातृभूमि है और मेरी लालसा है कि मैं अपने देश में मरूं।

लाग-डाट

जोखू भगत और बेचन चौधरी में तीन पीढ़ियों से अदावत चली आती थी। कुछ डांड़-मेंड़ का झगड़ा था। उनके परदादों में कई बार खून-खच्चर हुआ। बापों के समय में मुकदमेबाजी शुरू हुई। दोनों कई बार हाईकोर्ट तक गये। लड़कों के समय में संग्राम की भीषणता और भी बढ़ी, यहां तक कि दोनों ही अशक्त हो गये। पहले दोनों इसी गांव में आधे-आधे के हिस्सेदार थे। अब उनके पास उस झगड़ने वाले खेत को छोड़कर एक अंगुल जमीन न थी। भूमि गयी, धन गया, मान-मर्यादा गयी लेकिन वह विवाद ज्यों-का-त्यों बना रहा। हाईकोर्ट के धुरंधर नीतिज्ञ एक मामूली-सा झगड़ा तय न कर सके।

इन दोनों सज्जनों ने गांवों को दो विरोधी दलों में विभक्त कर दिया था। एक दल की भंग-बूटी चौधरी के द्वार पर छनती, तो दूसरे दल के चरस-गांजे के दम भगत के द्वार पर लगते थे। स्त्रियों और बालकों के भी दो दल हो गये थे। यहां तक कि दोनों सज्जनों के सामाजिक और धार्मिक विचारों में भी विभाजक रेखा खिंची हुई थी। चौधरी कपड़े पहने सत्तू खा लेते और भगत को ढोंगी कहते। भगत बिना कपड़े उतारे पानी भी न पीते और चौधरी को भ्रष्ट बतलाते। भगत सनातमधर्मी बने तो चौधरी ने आर्यसमाज का आश्रय लिया। जिस बजाज, पन्सारी या कुंजड़े से चौधरी सौदे लेते, उसकी ओर भगत जी ताकना भी पाप समझते थे। और भगत

ईदगाह और अन्य कहानियां

जी की हलवाई की मिठाइयां, उनके ग्वाले का दूध और तेली का तेल चौधरी के लिए त्याज्य थी। यहां तक कि उनके आरोग्यता के सिद्धांतों में भी भिन्नता थी। भगत जी वैद्यक के कायल थे, चौधरी जी यूनानी प्रथा के मानने वाले। दोनों चाहे रोग से मर जाते, पर अपने सिद्धांतों को न तोड़ते।

जब देश में राजनैतिक आंदोलन शुरू हुआ तो उसकी भनक उस गांव में आ पहुंची। चौधरी ने आंदोलन का पक्ष लिया, भगत उनके विपक्षी हो गये। एक सज्जन ने आकर गांव में किसान-सभा खोली। चौधरी उसमें शरीक हुए, भगत अलग रहे। जागृति और बढ़ी, स्वराज्य की चर्चा होने लगी। चौधरी स्वराज्यवादी हो गये, भगत ने राजभक्ति का पक्ष ले लिया। चौधरी का घर स्वराज्यवादियों का अड्डा हो गया, भगत का घर राजभक्तों का क्लब बन गया।

चौधरी जनता में स्वराज्यवाद का प्रचार करने लगे :

'मित्रों, स्वराज्य का अर्थ है अपना राज। अपने देश में अपना राज हो वह अच्छा है कि किसी दूसरे का राज हो वह...?'

जनता ने कहा – 'अपना राज हो, वह अच्छा है।'

चौधरी–'तो यह स्वराज्य कैसे मिलेगा? आत्मबल से, पुरुषार्थ से, मेल से, एक-दूसरे से द्वेष करना छोड़ दो। अपने झगड़े आप मिलकर निपटा लो।'

एक शंका–'आप तो नित्य अदालत में खड़े रहते हैं।'

चौधरी– 'हां, पर आज से अदालत जाऊं तो मुझे गऊहत्या का पाप लगे। तुम्हें चाहिए कि तुम अपनी गाढ़ी कमाई अपने बाल-बच्चों को खिलाओ और बचे तो परोपकार में लगाओ, वकील-मुख्तारों की जेब क्यों भरते हो, थानेदार को घूस क्यों देते हो, अमलों की चिरौरी क्यों करते हो? पहले हमारे लड़के अपने धर्म की शिक्षा पाते थे; वह सदाचारी, त्यागी, पुरुषार्थी बनते थे। अब वह विदेशी मदरसों में पढ़कर चाकरी करते हैं, घूस खाते हैं, शौक करते हैं, अपने देवताओं और पितरों की निंदा करते हैं,

सिगरेट पीते हैं, साल बनाते हैं और हाकिमों की गोड़धरियां करते हैं। क्या यह हमारा कर्तव्य नहीं है कि हम अपने बालकों को धर्मानुसार शिक्षा दें?'

जनता- 'चंदा करके पाठशाला खोलनी चाहिए।'

चौधरी- 'हम पहले मदिरा का छूना पाप समझते थे। अब गांव-गांव और गली-गली में मदिरा की दुकानें हैं। हम अपनी गाढ़ी कमाई के करोड़ों रुपये गांजे-शराब में उड़ा देते हैं।'

जनता- 'जो दारू-भांग पिये उसे डांड़ लगाना चाहिए।'

चौधरी- 'हमारे दादा-बाबा, छोटे-बड़े, सब गाढ़ा-गंजी पहनते थे। हमारी दादियां-नानियां चरखा काता करती थीं। सब धन देश में रहता था, हमारे जुलाहे भाई चैन की बंशी बजाते थे। अब हम विदेश के बने हुए महीन रंगीन कपड़ों पर जान देते हैं। इस तरह दूसरे देश वाले हमारा धन ढो ले जाते हैं; बेचारे जुलाहे कंगाल हो गये। क्या हमारा यही धर्म है कि अपने भाइयों की थाली छीनकर दूसरों के सामने रख दें?'

जनता- 'गाढ़ा कहीं मिलता ही नहीं।'

चौधरी- 'अपने घर का बना हुआ गाढ़ा पहनो, अदालतों को त्यागो, नशेबाजी छोड़ो, अपने लड़कों को धर्म-कर्म सिखाओ, मेल से रहो-बस, यही स्वराज्य है। जो लोग कहते हैं कि स्वराज्य के लिए खून की नदी बहेगी, वे पागल हैं-उनकी बातों पर ध्यान मत दो।'

जनता यह बातें चाव से सुनती थी। दिनोंदिन श्रोताओं की संख्या बढ़ती जाती थी। चौधरी के सब श्रद्धाभाजन बन गये।

भगत जी भी राजभक्ति का उपदेश करने लगे-

'भाईयों, राजा का काम राज करना और प्रजा काम उसकी आज्ञा का पालन करना है, इसी को राजभक्ति कहते हैं और हमारे धार्मिक ग्रंथों में हमें इसी राजभक्ति की शिक्षा दी गई है। राजा ईश्वर का प्रतिनिधि है, उसकी आज्ञा के विरुद्ध चलना महान् पातक है। राजविमुख प्राणी नरक का भागी होता है।'

एक शंका– 'राजा को भी तो अपने धर्म का पालन करना चाहिए।'

दूसरी शंका– 'हमारे राजा तो नाम के हैं, असली राजा तो विलायत के बनिये-महाजन हैं।'

तीसरी शंका– 'बनिये धन कमाना जानते हैं, राज करना क्या जानें।'

भगत– 'लोग तुम्हें शिक्षा देते हैं कि अदालतों में मत जाओ, पंचायतों में मुकदमे ले जाओ; लेकिन ऐसे पंच कहां हैं, जो सच्चा न्याय करें, दूध का दूध और पानी का पानी कर दें! यहां मुंह-देखी बातें होंगी। जिनका कुछ दबाव है, उनकी जीत होगी, जिनका कुछ दबाव नहीं है, वह बेचारे मारे जायेंगे। अदालतों में सब कारवाई कानून पर होती है, वहां छोटे-बड़े सब बराबर हैं, शेर-बकरी एक घाट पर पानी पीते हैं।'

दूसरी शंका– 'अदालतों का न्याय कहने ही को है, जिसके पास बने हुए गवाह और दांव-पेंच खेले हुए वकील होते हैं, उसी की जीत होती है, झूठे-सच्चे की परख कौन करता है। हां, हैरानी अलबत्ता होती है।'

भगत– 'कहा जाता है कि विदेशी चीजों का व्यवहार मत करो। यह गरीबों के साथ घोर अन्याय है। हमको बाजार में जो चीज सस्ती और अच्छी मिले, वह लेनी चाहिए। चाहे स्वदेशी हो या विदेशी। हमारा पैसा सेंत में नहीं आता है कि उसे रद्दी-भद्दी स्वदेशी चीजों पर फेंकें।'

एक शंका– 'अपने देश में तो रहता है, दूसरों के हाथ में तो नहीं जाता।'

दूसरी शंका– 'अपने घर में अच्छा खाना न मिले तो क्या विजातियों के घर का अच्छा भोजन खाने लगेंगे?'

भगत– 'लोग कहते हैं, लड़कों को सरकारी मदरसों में मत भेजो। सरकारी मदरसे में न पढ़ते तो आज हमारे भाई बड़ी-बड़ी

नौकरियां कैसे पाते, बड़े-बड़े कारखाने कैसे बना लेते? बिना नयी विद्या पढ़े अब संसार में निबाह नहीं हो सकता, पुरानी विद्या पढ़कर पत्रा देखने और कथा बांचने के सिवाय और क्या आता है? राज-काज क्या पट्टी-पोथी बांचने वाले करेंगे?'

एक शंका– 'हमें राज-काज न चाहिए। हम अपनी खेती-बारी ही में मगन हैं, किसी के गुलाम तो नहीं।'

दूसरी शंका– 'जो विद्या घमंडी बना दे, उससे मूरख ही अच्छा, यही नयी विद्या पढ़कर तो लोग सूट-बूट, घड़ी-छड़ी, हैट-कैट लगाने लगते हैं और अपने शौक के पीछे देश का धन विदेशियों के जेब में भरते हैं। ये देश के द्रोही हैं।'

भगत-गांजा– 'शराब की ओर आजकल लोगों की कड़ी निगाह है। नशा बुरी लत है, इसे सब जानते हैं। सरकार को नशे की दुकानों से करोड़ों रुपये साल की आमदनी होती है। अगर दुकानों में न जाने से लोगों की नशे की लत छूट जाये तो बड़ी अच्छी बात है। वह दुकान पर न जायेगा तो चोरी-छिपे किसी-न-किसी तरह दूने-चौगुने दाम देकर, सजा काटने पर तैयार होकर अपनी लत पूरी करेगा। तो ऐसा काम क्यों करो कि सरकार का नुकसान अलग हो और गरीब रैयत का नुकसान अलग हो। और फिर किसी-किसी को नशा खाने से फायदा होता है। मैं ही एक दिन अफीम न खाऊं तो गांठों में दर्द होने लगे, दम उखड़ जाये और सरदी पकड़ ले।'

एक आवाज– 'शराब पीने से बदन में फुर्ती आ जाती है।'

एक शंका– 'सरकार अधर्म से रुपया कमाती है। उसे यह उचित नहीं। अधर्मी के राज में रहकर प्रजा का कल्याण कैसे हो सकता है?'

दूसरी शंका– 'पहले दारू पिलाकर पागल बना दिया। लत पड़ी तो पैसे की चाट हुई। इतनी मजूरी किसको मिलती है कि रोटी-कपड़ा भी चले और दारू-शराब भी उड़े? या तो बाल-बच्चों

को भूखों मारो या चोरी करो, जुआ खेलो और बेईमानी करो। शराब की दुकान क्या है? हमारी गुलामी का अड्डा है।'

चौधरी के उपदेश सुनने के लिए जनता टूटती थी। लोगों को खड़े होने की जगह न मिलती। दिनोंदिन चौधरी का मान बढ़ने लगा। उनके यहां नित्य पंचायतों की राष्ट्रोन्नति की चर्चा रहती, जनता को इन बातों में बड़ा आनंद और उत्साह होता। उनके राजनैतिक ज्ञान की वृद्धि होती। वह अपना गौरव और महत्त्व समझने लगे, उन्हें अपनी सत्ता का अनुभव होने लगा। निरंकुशता और अन्याय पर अब उनकी त्योरियां चढ़ने लगीं। उन्हें स्वतंत्रता का स्वाद मिला। घर की रुई, घर का सूत, घर का कपड़ा, घर का भोजन, घर की अदालत, न पुलिस का भय, न अमला की खुशामद, सुख और शांति से जीवन व्यतीत करने लगे। कितनों ही ने नशेबाजी छोड़ दी और सद्भावों की एक लहर-सी दौड़ने लगी।

लेकिन भगत जी इतने भाग्यशाली न थे। जनता को दिनोंदिन उनके उपदेशों से अरुचि होती जाती थी। यहां तक कि बहुधा उनके श्रोताओं में पटवारी, चौकीदार, मुदर्रिस और इन्हीं कर्मचारियों के मित्रों के अतिरिक्त और कोई न होता था। कभी-कभी बड़े हाकिम भी आ निकलते और भगत जी का बड़ा आदर-सत्कार करते। जरा देर के लिए भगत जी के आंसू पुछ जाते, लेकिन क्षण-भर का सम्मान आठों पहर के अपमान की बराबरी कैसे करता! जिधर निकल जाते उधर ही उंगलियां उठने लगतीं। कोई कहता, खुशामदी टट्टू है, कोई कहता, खुफिया पुलिस का भेदी है। भगत जी अपने प्रतिद्वंद्वी की बड़ाई और अपनी लोकनिंदा पर दांत पीस-पीस कर रह जाते थे। जीवन में यह पहला ही अवसर था कि उन्हें सबके सामने नीचा देखना पड़ा। चिरकाल से जिस कुल-मर्यादा की रक्षा करते आये थे और जिस पर अपना सर्वस्व अर्पण कर चुके थे, वह धूल में मिल गयी। यह दाहमय चिंता

उन्हें एक क्षण के लिए चैन न लेने देती। नित्य समस्या सामने रहती कि अपना खोया हुआ सम्मान क्योंकर पाऊं, अपने प्रतिपक्षी को क्योंकर पददलित करूं, कैसे उसका गरूर तोड़ूं?

अंत में उन्होंने सिंह को उसी की मांद में पछाड़ने का निश्चय किया।

संध्या का समय था। चौधरी के द्वार पर एक बड़ी सभा हो रही थी। आस-पास के गांवों के किसान भी आ गये, हजारों आदमियों की भीड़ थी। चौधरी उन्हें स्वराज्य-विषयक उपदेश दे रहे थे। बार-बार भारत माता की जय-जयकार की ध्वनि उठती थी। एक ओर स्त्रियों का जमाव था। चौधरी ने अपना उपदेश समाप्त किया और अपनी जगह पर बैठे। स्वयंसेवकों ने स्वराज्य फंड के लिए चंदा जमा करना शुरू किया कि इतने में भगत जी न जाने किधर से लपके हुए आये और श्रोताओं के सामने खड़े होकर उच्च स्वर से बोले:

'भाईयों, मुझे यहां देखकर अचरज मत करो, मैं स्वराज्य का विरोधी नहीं हूं। ऐसा पतित कौन प्राणी होगा जो स्वराज्य का निंदक हो; लेकिन इसको प्राप्त करने का वह उपाय नहीं है जो चौधरी ने बताया है और जिस पर तुम लोग लट्टू हो रहे हो। जब आपस में फूट और रार है, पंचायतों से क्या होगा? जब विलासिता का भूत सिर पर सवार है तो नशा कैसे छूटेगा, मदिरा की दुकानों का बहिष्कार कैसे होगा? सिगरेट, साबुन, मोजे, बनियान, अद्धी, तंजेब से कैसे पिंड छूटेगा? जब रौब और हुकूमत की लालसा बनी हुई है तो सरकारी मदरसे कैसे छोड़ोगे? विधर्मी शिक्षा की बेड़ी से कैसे मुक्त हो सकोगे? स्वराज्य लेने का केवल एक ही उपाय है और वह आत्म-संयम है। यही महौषधि तुम्हारे समस्त रोगों को समूल नष्ट करेगी। आत्मा को बलवान बनाओ, इंद्रियों को साधो, मन को वश में करो, तुममें भातृभाव पैदा होगा, तभी वैमनस्य मिटेगा, तभी ईर्ष्या और द्वेष का नाश होगा, तभी

ईदगाह और अन्य कहानियां

भोग-विलास से मन हटेगा, तभी नशेबाजी का दमन होगा। आत्मबल के बिना स्वराज्य कभी उपलब्ध न होगा। स्वयंसेवा सब पापों का मूल है, यही तुम्हें अदालतों में ले जाता है, यह तुम्हें विधर्मी शिक्षा का दास बनाये हुए है। इस पिशाच को आत्मबल से मारो और तुम्हारी कामना पूरी हो जायेगी। सब जानते हैं, मैं 40 साल से अफीम का सेवन करता हूं। आज से मैं अफीम को गऊ का रक्त समझता हूं। चौधरी से मेरी तीन पीढ़ियों की अदावत है। आज से चौधरी मेरे भाई हैं। आज से मुझे या मेरे घर के किसी प्राणी को घर के काते सूत से बुने हुए कपड़े के सिवाय कुछ और पहनते देखो तो मुझे जो दंड चाहो, दो। बस मुझे यही कहना है, परमात्मा हम सबकी इच्छा पूरी करे।'

यह कहकर भगत जी घर की ओर चले कि चौधरी दौड़कर उनके गले से लिपट गये। तीन पुश्तों की अदावत एक क्षण में शांत हो गयी।

उस दिन से चौधरी और भगत साथ-साथ स्वराज्य का उपदेश करने लगे। उनमें गाढ़ी मित्रता हो गयी और यह निश्चय करना कठिन था कि दोनों में जनता किसका अधिक सम्मान करती है।

प्रतिद्वंद्विता वह चिनगारी थी, जिसने दोनों पुरुषों के हृदय-दीपक को प्रकाशित कर दिया था।

दुनिया का सबसे अनमोल रतन

दिलफिगार एक कंटीले पेड़ के नीचे दामन चाक किये बैठा हुआ खून के आंसू बहा रहा था। वह सौन्दर्य की देवी यानी मलका दिलफरेब का सच्चा और जान देने वाला प्रेमी था। उन प्रेमियों में नहीं, जो इत्र-फुलेल में बसकर और शानदार कपड़ों में सजकर आशिक के वेश में माशूकियत का दम भरते हैं। बल्कि उन सीधे-सादे भोले-भाले फिदाइयों में, जो जंगल और पहाड़ों से सर टकराते हैं और फरियाद मचाते फिरते हैं। दिलफरेब ने उससे कहा था कि अगर तू मेरा सच्चा प्रेमी है, तो जा और दुनिया की सबसे अनमोल चीज लेकर मेरे दरबार में आ, तब मैं तुझे अपनी गुलामी में कबूल करूंगी। अगर तुझे वह चीज़ न मिले तो खबरदार, इधर रुख न करना, वरना सूली पर खिंचवा दूंगी। दिलफिगार को अपनी भावनाओं के प्रदर्शन का, शिकवे-शिकायत का, प्रेमिका के सौन्दर्य-दर्शन का तनिक भी अवसर न दिया गया। दिलफरेब ने ज्यों ही यह फैसला सुनाया, उसके चोबदारों ने गरीब दिलफिगार को धक्के देकर बाहर निकाल दिया और आज तीन दिन से यह आफत का मारा आदमी उसी कंटीले पेड़ के नीचे उसी भयानक मैदान में बैठा हुआ सोच रहा है कि क्या करूं। दुनिया की सबसे अनमोल चीज़ मुझको मिलेगी? नामुमकिन! और वह है क्या? कारूं का खजाना? आबेहयात? खुसरो का ताज? जामे-जम? तख्तेताऊस? परवेज़ की दौलत? नहीं, यह चीजें

हरगिज नहीं। दुनिया में ज़रूर इनसे भी महंगी, इनमें भी अनमोल चीज़ें मौजूद हैं, मगर वह क्या हैं। कहां हैं? कैसे मिलेगी? या खुदा, मेरी मुश्किल क्योंकर आसान होगी।

दिलफिगार इन्हीं ख़यालों में चक्कर खा रहा था और अक्ल कुछ काम न करती थी। मुनीर शामी को हातिम-सा मददगार मिल गया। ऐ काश! कोई मेरा भी मददगार हो जाता, ऐ काश! मुझे भी उस चीज़ का जो दुनिया की सबसे बेशकीमती चीज़ है, नाम बतला दिया जाता! बला से वह चीज़ हाथ न आती मगर मुझे इतना तो मालूम हो जाता कि वह किस किस्म की चीज है। मैं घड़े बराबर मोती की खोज में जा सकता हूं। मैं समुन्दर का गीत, पत्थर का दिल, मौत की आवाज़ और इनसे भी ज्यादा बेनिशान चीजों की तलाश में कमर कस सकता हूं। मगर दुनिया की सबसे अनमोल चीज! यह मेरी कल्पना की उड़ान से बहुत ऊपर है।

आसमान पर तारे निकल आये थे। दिलफिगार यकायक खुदा का नाम लेकर उठा और एक तरफ को चल खड़ा हुआ। भूखा-प्यासा, नंगे बदन, थकान से चूर, वह बरसों वीरानों और आबादियों की खाक छानता फिरा, तलवे कांटों से छलनी हो गये, शरीर में हड्डियां-ही-हड्डियां दिखायी देने लगीं, मगर वह चीज़ जो दुनिया की सबसे बेशकीमती चीज़ थी, न मिली और न उसका कुछ निशान मिला।

एक रोज़ वह भूला-भटकता एक मैदान में जा निकला, जहां हज़ारों आदमी गोल बांधे खड़े थे। बीच में कई अमामे और चोगे वाले दढ़ियल काज़ी अफसरी शान से बैठे हुए आपस में कुछ सलाह-मशविरा कर रहे थे और इस जमात से ज़रा दूर पर एक सूली खड़ी थी। दिलफिगार कुछ तो कमज़ोरी की वजह से और कुछ यहां की कैफियत देखने के इरादे से ठिठक गया। क्या देखता है कि कई लोग नंगी तलवारें लिए, एक कैदी को जिसके हाथ-पैर में ज़ंजीरें थीं, पकड़े चले आ रहे हैं, सूली के पास

पहुंचकर सब सिपाही रुक गये और कैदी की हथकड़ियां, बेड़ियां सब उतार ली गयीं। इस अभागे आदमी का दामन सैकड़ों बेगुनाहों के खून के छींटों से रंगीन था और उसका दिल नेकी के ख़याल और रहम की आवाज़ से जरा भी परिचित न था। उसे काला चोर कहते थे। सिपाहियों ने उसे सूली के तख्ते पर खड़ा कर दिया, मौत की फांसी उसकी गर्दन में डाल दी और जल्लादों ने तख्ता खींचने का इरादा किया कि वह अभागा मुज़रिम चीखकर बोला- 'खुदा के वास्ते मुझे एक पल के लिए फांसी से उतार दो ताकि अपने दिल की आख़िरी आरज़ू निकाल लूं।' यह सुनते ही चारों तरफ सन्नाटा छा गया। लोग अचम्भे में आकर ताकने लगे। काज़ियों ने मरने वाले आदमी की अंतिम याचना को रद्द करना उचित न समझा और बदनसीब पापी काला चोर जरा देर के लिए फांसी से उतार लिया गया।

इसी भीड़ में एक खूबसूरत भोला-भाला लड़का एक छड़ी पर सवार होकर, अपने पैरों पर उछल-उछल कर फर्जी घोड़ा दौड़ा रहा था और अपनी सादगी की दुनिया में ऐसा मगन था कि जैसे वह इस वक्त सचमुच किसी अरबी घोड़े का शहसवार है। उसका चेहरा उस सच्ची खुशी से कमल की तरह खिला हुआ था, जो चन्द दिनों के लिए बचपन ही में हासिल होती है और जिसकी याद हमको मरते दम तक नहीं भूलती। उसका दिल अभी तक पाप की गर्द और धूल से अछूता था और मासूमियत उसे अपनी गोद में खिला रही थी।

बदनसीब काला चोर फांसी से उतरा। हज़ारों आंखें उस पर गड़ी हुई थीं। वह उस लड़के के पास आया और उसे गोद में उठाकर प्यार करने लगा। उसे इस वक्त वह ज़माना याद आया जब वह खुद ऐसा ही भोला-भाला, ऐसा ही खुश-व-खुर्रम और दुनिया की गंदगियों से ऐसा ही पाक साफ था। मां गोदियों में खिलाती थी, बाप बलाएं लेता था और सारा कुनबा जान न्यौछावर

करता था। आह! काले चोर के दिल पर इस वक्त बीते हुए दिनों की याद का इतना असर हुआ कि उसकी आंखों से, जिन्होंने दम तोड़ती हुई लाशों को तड़पते देखा और न झपकीं, आंसू का एक कतरा टपक पड़ा। दिलफिगार ने लपककर उस अनमोल मोती को हाथ में ले लिया और उसके दिल ने कहा – 'बेशक यह दुनिया की सबसे अनमोल चीज है, जिस पर तख्ते ताऊस, जामेजम, आबेहयात और ज़रे परवेज़ सब न्यौछावर हैं।'

इस ख़्याल से खुश होता कामयाबी की उम्मीद में सरमस्त, दिलफिगार अपनी माशूका दिलफरेब के शहर मीनोसवाद को चला। मगर ज्यों-ज्यों मंज़िलें तय होती जाती थीं, उसका दिल बैठा जाता था कि कहीं उस चीज़ की, जिसे मैं दुनिया की सबसे बेशकीमती चीज समझता हूं, दिलफरेब की आंखों में कद्र न हुई तो मैं फांसी पर चढ़ा दिया जाऊंगा और इस दुनिया से नामुराद जाऊंगा। लेकिन जो हो सो हो, अब तो किस्मत-आज़माई हैं, आखिरकार पहाड़ और दरिया तय करकें शहर मीनोसवाद में आ पहुंचा और दिलफरेब की ड्योढ़ी पर जाकर विनती की कि थकान से टूटा हुआ दिलफ़िगार ख़ुदा के फज़ल से हुक्म की तामील करके आया है और आपके कदम चूमना चाहता है। दिलफरेब ने फौरन उसे अपने पास बुला भेजा और एक सुनहरे परदे की ओट से फरमाइश की कि वह अनमोल चीज़ पेश करो। दिलफिगार ने आशा और भय की एक विचित्र मनःस्थिति में वह बूंद पेश की और उसकी सारी कैफियत बहुत पुरअसर लफ़्ज़ों में बयान की। दिलफरेब ने पूरी कहानी बहुत गौर से सुनी और वह भेंट हाथ में लेकर ज़रा देर तक गौर करने के बाद बोली – 'दिलफिगार, बेशक तूने दुनिया की एक बेशकीमत चीज़ ढूंढ निकाली, तेरी हिम्मत और तेरी सूझबूझ की दाद देती हूं। मगर यह दुनिया की सबसे बेशकीमत चीज़ नहीं, इसलिए तू यहां से जा और फिर कोशिश कर, शायद अब की तेरे हाथ वह मोती लगे

और तेरी किस्मत में मेरी गुलामी लिखी हो। जैसा कि मैंने पहले ही बतला दिया था; मैं तुझे फांसी पर चढ़वा सकती हूं मगर मैं तेरी जानबख्शी करती हूं, इसलिए कि तुझमें वह गुण मौजूद हैं, जो मैं अपने प्रेमी में देखना चाहती हूं और मुझे यकीन है कि तू जरूर कभी-न-कभी कामयाब होगा।'

नाकाम और नामुराद दिलफिगार इस माशूकाना इनायत से ज़रा दिलेर होकर बोला - 'ऐ दिल की रानी! बड़ी मुद्दत के बाद तेरी ड्योढ़ी पर सज़दा करना नसीब होता है। फिर खुदा जाने ऐसे दिन कब आएंगे, क्या तू अपने जान देने वाले आशिक के बुरे हाल पर तरस न खायेगी और क्या अपने रूप की एक झलक दिखाकर इस जलते हुए दिलफिगार को आने वाली सख्तियों को झेलने की ताकत न देगी? तेरी एक मस्त निगाह के नशे से चूर होकर मैं वह कर सकता हूं, जो आज तक किसी से न बन पड़ा हो।'

दिलफरेब अपने आशिक की यह चाव-भरी बातें सुनकर गुस्सा हो गयी और हुक्म दिया कि इस दीवाने को खड़े-खड़े दरबार से निकाल दो। चाबेदार ने फौरन गरीब दिलफिगार को धक्के देकर यार के कूचे से बाहर निकाल दिया।

कुछ देर तक तो दिलफिगार अपनी निष्ठुर प्रेमिका की इस कठोरता पर आंसू बहाता रहा और सोचने लगा कि अब कहां जाऊं। मुद्दतों रास्ते नापने और जंगलों में भटकने के बाद आंसू की यह बूंद मिली थी, अब ऐसी कौन-सी चीज है जिसकी कीमत इस आबदार मोती से ज्यादा हो। हज़रते खिज्र! तुमने सिकन्दर को आबेहयात के कुएं का रास्ता दिखाया था, क्या मेरी बांह न पकड़ोगे? सिकन्दर सारी दुनिया का मालिक था। मैं तो एक बेघरबार मुसाफिर हूं। तुमने कितनी ही डूबती किश्तियां किनारे लगायी हैं, मुझ गरीब का बेड़ा भी पार करो। ऐ आलीमुकाम जिबरील! कुछ तुम्हीं इस नीमजान, दु:खी आशिक पर तरस खाओ। तुम खुदा के एक खास दरबारी हो, क्या मेरी मुश्किल

आसान न करोगे! गरज यह कि दिलफिगार ने बहुत फरियाद मचायी, मगर उसका हाथ पकड़ने के लिए कोई सामने न आया। आखिर निराश होकर वह पागलों की तरह दुबारा एक तरफ को चल खड़ा हुआ।

दिलफिगार ने पूरब से पच्छिम तक और उत्तर से दक्खिन तक कितने ही जंगलों और वीरानों की खाक छानी, कभी बर्फिस्तानी चोटियों पर सोया, कभी डरावनी घाटियों में भटकता फिर, मगर जिस चीज़ की धुन थी वह न मिली, यहां तक कि उसका शरीर हड्डियों का एक ढांचा रह गया।

एक रोज़ वह शाम के वक्त किसी नदी के किनारे खस्ताहाल पड़ा हुआ था। बेखुदी के नशे से चौंका, तो क्या देखता है कि चन्दन की एक चिता बनी हुई है और उस पर एक युवती सुहाग के जोड़े पहने सोलहों सिंगार किये बैठी हुई है। उसकी जांघ पर उसके प्यारे पति का सर है। हज़ारों आदमी गोल बांधे खड़े हैं और फूलों की बरखा कर रहे हैं। यकायक चिता में से खुद-ब-खुद एक लपट उठी। सती का चेहरा उस वक्त एक पवित्र भाव से आलोकित हो रहा था। चिता की पवित्र लपटें उसके गले से लिपट गयीं और दम-के-दम में वह फूल-सा शरीर राख का ढेर हो गया। प्रेमिका ने अपने को प्रेमी पर न्यौछावर कर दिया और दो प्रेमियों के सच्चे, पवित्र, अमर प्रेम की अन्तिम लीला आंख से ओझल हो गयी। जब सब लोग अपने घरों को लौटे तो दिलफिगार चुपके से उठा और अपने चाक-दाम कुरते में यह राख का ढेर समेट लिया और इस मुट्ठी भर राख को दुनिया की सबसे अनमोल चीज़ समझता हुआ, सफलता के नशे में चूर, यार के कूचे की तरफ चला। अबकी ज्यों-ज्यों वह अपनी मंज़िल के करीब आता था, उसकी हिम्मतें बढ़ती जाती थीं। कोई उसके दिल में बैठा हुआ कह रहा था- अबकी तेरी जीत है और इस ख़याल ने उसके दिल को जो-जो सपने दिखाये, उनकी चर्चा

व्यर्थ हैं। आखिरकार वह शहर मीनोसवाद में दाखिल हुआ और दिलफरेब की ऊंची ड्योढ़ी पर जाकर खबर दी कि दिलफिगार सुर्ख़-रू होकर लौटा है और हुजूर के सामने आना चाहता है। दिलफरेब ने जांबाज़ आशिक को फौरन दरबार में बुलाया और उस चीज़ के लिए, जो दुनिया की सबसे बेशकीमती चीज़ थी, हाथ फैला दिया। दिलफिगार ने हिम्मत करके उसकी चांदी जैसी कलाई को चूम लिया और मुट्ठी भर राख को उसकी हथेली में रखकर सारी कैफियत दिल को पिघला देने वाले लफ्ज़ों में कह सुनायी और सुन्दर प्रेमिका के होंठों से अपनी किस्मत का मुबारक फैसला सुनने के लिए इन्तज़ार करने लगा। दिलफरेब ने उस मुट्ठी भर राख को आंखों से लगा लिया और कुछ देर तक विचारों के सागर में डूबे रहने के बाद बोली – 'ऐ जान निछावर करने वाले आशिक दिलफिगार! बेशक यह राख जो तू लाया है, जिसमें लोहे को सोना कर देने की सिफत है, दुनिया की बहुत बेशकीमत चीज़ है और मैं सच्चे दिल से तेरी एहसानमन्द हूं कि तूने ऐसी अनमोल भेंट मुझे दी। मगर दुनिया में इससे भी ज्यादा अनमोल कोई चीज है, जा उसे तलाश कर और तब मेरे पास आ। मैं तहेदिल से दुआ करती हूं कि ख़ुदा तुझे कामयाब करे।' यह कहकर वह सुनहरे परदे से बाहर आयी और माशूकाना अदा से अपने रूप का जलवा दिखाकर फिर नज़रों से ओझल हो गयी। एक बिजली थी कि कौंधी और फिर बादलों के परदे में छिप गयी। अभी दिलफिगार के होश-हवास ठिकाने पर न आने पाये थे कि चोबदार ने मुलायमियत से उसका हाथ पकड़कर यार के कूचे से उसको निकाल दिया और फिर तीसरी बार वह प्रेम का पुजारी निराशा के अथाह समुन्दर में गोता खाने लगा।

दिलफिगार का हियाब छूट गया। उसे यकीन हो गया कि मैं दुनिया में इसी तरह नाशाद और नामुराद मर जाने के लिए पैदा किया गया था और अब इसके सिवा और कोई चारा नहीं कि

किसी पहाड़ पर चढ़कर नीचे कूद पड़ूं ताकि माशूक के जुल्मों की फरियाद करने के लिए एक हड्डी भी बाकी न रहे। वह दीवाने की तरह उठा और गिरता-पड़ता एक गगनचुम्बी पहाड़ की चोटी पर जा पहुंचा। किसी और समय वह ऐसे ऊंचे पहाड़ पर चढ़ने का साहस न कर सका था, मगर इस वक्त जान देने के जोश में उसे वह पहाड़ एक मामूली टेकरी से ज्यादा ऊंचा न नज़र आया। करीब था कि वह नीचे कूद पड़े कि तभी हरे कपड़े पहने हुए और हरा अमामा बांधे एक बुजुर्ग एक हाथ में तसबीह और दूसरे हाथ में लाठी लिये बरामद हुए और हिम्मत बढ़ाने वाले स्वर में बोले- 'दिलफिगार, नादान दिलफिगार, यह क्या बुज़दिलों जैसी हरकत है! तू मुहब्बत का दावा करता है और तुझे इतनी भी खबर नहीं कि मजबूत इरादा मुहब्बत के रास्ते की पहली मंजिल है। मर्द बन और यों हिम्मत न हार। पूरब की तरफ एक देश है जिसका नाम हिन्दोस्तान है, वहां जा, तेरी आरजू पूरी होगी।'

यह कहकर हज़रते खिज्र गायब हो गये। दिलफिगार ने शुक्रिये की नमाज अदा की और ताज़ा हौसले, ताज़ा जोश और अलौकिक सहायता का सहारा पाकर खुश-खुश पहाड़ से उतरा और हिन्दोस्तान की तरफ चल पड़ा।

मुद्दतों तक कांटे से भरे हुए जंगलों, आग बरसाने वाले रेगिस्तानों, कठिन घाटियों और अलंघ्य पर्वतों को तय करने के बाद दिलफिगार हिन्द की पाक सरज़मीन में दाखिल हुआ और एक ठंडे पानी के सोते में सफर की तकलीफ़ें धोकर थकान के मारे नदी के किनारे लेट गया। शाम होते-होते वह एक चटियल मैदान में जा पहुंचा, जहां बेशुमार अधमरी और बेजान लाशें बिना कफन के पड़ी हुई थी। चील-कौए और वहशी दरिन्दे मरे पड़े थे और सारा मैदान खून से लाल हो रहा था। यह डरावना दृश्य देखते ही दिलफिगार का जी दहल गया। या खुदा! किस मुसीबत में जान फंसी! मरने वालों का कराहना, सिसकना और एड़ियां

रगड़कर जान देना, दरिन्दों का हड्डियों को नोचना और गोश्त के लोथड़ों को लेकर भागना, ऐसा हौलनाक सीन दिलफिगार ने कभी न देखा था। यकायक उसे ख़्याल आया, यह लड़ाई का मैदान है और यह लाशें सूरमा सिपाहियों की हैं। इतने में करीब से कराहने की आवाज़ आयी। दिलफिगार ने उस तरफ देखा तो एक लम्बा-गड़ा आदमी, जिसका मर्दाना चेहरा जान निकलने की कमजोरी से पीला हो गया है, ज़मीन पर सर झुकाये पड़ा हुआ है, सीने से खून का फौव्वारा जारी है, मगर आबदार तलवार की मूठ पंजे से अलग नहीं हुई। दिलफिगार ने एक चीथड़ा लेकर घाव के मुंह पर रख दिया ताकि खून रुक जाये और बोला – 'ऐ जवां मर्द! तू कौन है?' जवां मर्द ने यह सुनकर आंखें खोलीं और वीरों की तरह बोला – 'क्या तू नहीं जानता मैं कौन हूं? क्या तूने आज इस तलवार की काट नहीं देखी? मैं अपनी मां का बेटा और भारत का सपूत हूं।' यह कहते-कहते उसकी त्योरियों पर बल पड़ गये। पीला चेहरा गुस्से से लाल हो गया और आबदार शमशीर फिर अपना जौहर दिखाने के लिए चमक उठी। दिलफिगार समझ गया कि यह इस वक्त मुझे दुश्मन समझ रहा है, नरमी से बोला– 'ऐ जवां मर्द, मैं तेरा दुश्मन नहीं हूं। अपने वतन से निकला हुआ एक गरीब मुसाफिर हूं। इधर भूलता-भटकता आ निकला। बजाय मेहरबानी मुझसे यहां की कुल कैफियत बयान कर।'

यह सुनते ही घायल सिपाही बहुत मीठे स्वर में बोला– 'अगर तू मुसाफ़िर है, तो आ मेरे खून से तर पहलू में बैठ जा, क्योंकि यही दो अंगुल ज़मीन है जो मेरे पास बाकी रह गयी है और जो सिवाय मौत के कोई नहीं छीन सकता। अफसोस है कि तू यहां ऐसे वक्त में आया, जब हम तेरा आतिथ्य सत्कार करने के योग्य नहीं। हमारे बाप-दादा का देश आज हमारे हाथ से निकल गया और इस वक्त हम बेवतन है। मगर (पहलू बदलकर) हमने हमलावर दुश्मनों को बता दिया कि राजपूत अपने देश के लिए

कैसी बहादुरी से जान देता है। यह आस-पास जो लाशें तू देख रहा है, यह उन लोगों की हैं, जो इस तलवार के घाट उतरे हैं। (मुस्कराकर) और गोया कि मैं बेवतन हूं, मगर गनीमत है कि दुश्मन की ज़मीन पर मर रहा हूं। (सीने के घाव से चीथड़ा निकालकर) क्या तूने यह मरहम रख दिया? खून निकलने दे, इसे रोकने से क्या फायदा? क्या मैं अपने ही देश में गुलामी करने के लिए ज़िन्दा रहूं? नहीं, ऐसी ज़िन्दगी से मर जाना अच्छा। इससे अच्छी मौत मुमकिन नहीं।'

जवां मर्द की आवाज़ मद्धिम हो गयी, अंग ढीले पड़ गये, खून इतना ज़्ज़यादा बहा कि खुद-ब-खुद बन्द हो गया, रह-रहकर एकाध बूंद टपक पड़ता था। आखिरकार सारा शरीर बेदम हो गया, दिल की हरकत बन्द हो गयी और आंखें मुंद गयीं। दिलफिगार ने समझा अब काम तमाम हो गया कि मरने वाले ने धीमे से कहा – 'भारतमाता की जय!' और उसके सीने से खून का आखिरी कतरा निकल पड़ा। एक सच्चे देशप्रेमी और देशभक्त ने देशभक्ति का हक अदा कर दिया। दिलफिगार पर इस दृश्य का गहरा असर पड़ा और उसके दिल ने कहा, 'बेशक दुनिया में खून के इस कतरे से ज्यादा अनमोल चीज कोई नहीं हो सकती।' उसने फौरन उस खून की बूंद को, जिसके आगे यमन का लाल भी हेच है, हाथ में ले लिया और इस दिलेर राजपूत की बहादुरी पर हैरत करता हुआ अपने वतन की तरफ रवाना हुआ और सख्तियां झेलता हुआ आखिरकार बहुत दिनों के बाद रूप की रानी मलका दिलफरेब की ड्योढ़ी पर जा पहुंचा और पैगाम दिया कि दिलफिगार सुर्खरू और कामयाब होकर लौटा है और दरबार में हाज़िर होना चाहता है। दिलफरेब ने उसे फौरन हाज़िर होने का हुक्म दिया। खुद हस्बे मामूल सुनहरे परदे की ओट में बैठी और बोली – 'दिलफिगार, अबकी तू बहुत दिनों के बाद वापस आया है। ला, दुनिया की सबसे बेशकीमत चीज़ कहां है?'

दिलफिगार ने मेहंदी-रची हथेलियों को चूमते हुए खून का वह कतरा उस पर रख दिया और उसकी पूरी कैफ़ियत पुरजोश लहजे में कह सुनायी। वह खामोश भी न होने पाया था कि यकायक वह सुनहरा परदा हट गया और दिलफिगार के सामने हुस्न का एक दरबार सजा हुआ नज़र आया, जिसकी एक-एक नाज़नीन ज़ुलेखा से बढ़कर थी। दिलफरेब बड़ी शान के साथ सुनहरी मसनद पर सुशोभित हो रही थी। दिलफिगार हुस्न का यह तिलस्म देखकर अचम्भे में पड़ गया और चित्रलिखित-सा खड़ा रहा कि दिलफरेब मसनद से उठी और कई कदम आगे बढ़कर उससे लिपट गयी। गानेवालियों ने खुशी के गाने शुरू किये, दरबारियों ने दिलफिगार को नज़रें भेंट कीं और चांद-सूरज को बड़ी इज़्ज़त के साथ मसनद पर बैठा दिया। जब वह लुभावना गीत बन्द हुआ तो दिलफरेब खड़ी हो गयी और हाथ जोड़कर दिलफिगार से बोली – 'ऐ जांनिसार आशिक दिलफिगार! मेरी दुआएं बर आयीं और खुदा ने मेरी सुन ली और तुझे कामयाब व सुर्खरू किया। आज से तू मेरा मालिक है और मैं तेरी लौंडी!'

यह कहकर उसने एक रत्नजटित मंजूषा मंगायी और उसमें से एक तख्ती निकाली, जिस पर सुनहरे अक्षरों में लिखा हुआ था –

'खून का वह आखिरी कतरा, जो वतन की हिफाज़त में गिरे, दुनिया की सबसे अनमोल चीज़ है।'

50 *ईदगाह और अन्य कहानियां*

आत्माराम

बेदों– ग्राम में महादेव सोनार एक सुविख्यात आदमी था। वह अपने सायबान में प्रात: से संध्या तक अंगीठी के सामने बैठा हुआ खटखट किया करता था। यह लगातार ध्वनि सुनने के लोग इतने अभ्यस्त हो गये थे कि जब किसी कारण से वह बंद हो जाती, तो जान पड़ता था, कोई चीज गायब हो गयी। वह नित्य-प्रति एक बार प्रात:काल अपने तोते का पिंजड़ा लिए कोई भजन गाता हुआ तालाब की ओर जाता था। उस धुंधले प्रकाश में उसका जर्जर शरीर, पोपला मुंह और झुकी हुई कमर देखकर किसी अपरिचित मनुष्य को उसके पिशाच होने का भ्रम हो सकता था। ज्यों ही लोगों के कानों में आवाज आती–'सत्त गुरुदत्त शिवदत्त दाता', लोग समझ जाते कि भोर हो गयी।

महादेव का पारिवारिक जीवन सुखमय न था। उसके तीन पुत्र थे, तीन बहुएं थीं, दर्जनों नाती-पोते थे, लेकिन उसके बोझ को हल्का करनेवाला कोई न था। लड़के कहते–'जब तक दादा जीते हैं, हम जीवन का आनंद भोग लें, फिर तो यह ढोल गले पड़ेगी ही।' बेचारे महादेव को कभी-कभी निराहार ही रहना पड़ता। भोजन के समय उसके घर में साम्यवाद का ऐसा गगनभेदी निर्घोष होता कि वह भूखा ही उठ जाता और नारियल का हुक्का पीता हुआ सो जाता। उसका व्यावसायिक जीवन और भी अशांतिकारक था। यद्यपि वह अपने काम में निपुण था, उसकी खटाई औरों से

कहीं ज्यादा शुद्धिकारक और उसकी रासायनिक क्रियाएं कहीं ज्यादा कष्टसाध्य थीं, तथापि उसे आये दिन शक्की और धैर्य-शून्य प्राणियों के अपशब्द सुनने पड़ते थे। पर महादेव अविचलित गाम्भीर्य से सिर झुकाये सब कुछ सुना करता था। ज्यों ही यह कलह शांत होता, वह अपने तोते की ओर देखकर पुकार उठता-'सत्त गुरुदत्त शिवदत्त दाता।' इस मंत्र को जपते ही उसके चित्त को पूर्ण शांति प्राप्त हो जाती थी।

एक दिन संयोगवश किसी लड़के ने पिंजड़े का द्वार खोल दिया। तोता उड़ गया। महादेव ने सिर उठाकर जो पिंजड़े की ओर देखा, तो उसका कलेजा सन्न-से हो गया। तोता कहां गया। उसने फिर पिंजड़े को देखा, तोता गायब था! महादेव घबड़ा कर उठा और इधर-उधर खपरैलों पर निगाह दौड़ाने लगा। उसे संसार में कोई वस्तु अगर प्यारी थी, तो वह यही तोता। लड़के-बालों, नाती-पोतों से उसका जी भर गया था। लड़कों की चुलबुल से उसके काम में विघ्न पड़ता था। बेटों से उसे प्रेम न था; इसलिए नहीं कि वे निकम्मे थे, बल्कि इसलिए कि उनके कारण वह अपने आनंददायी कुल्हड़ों की नियमित संख्या से वंचित रह जाता था। पड़ोसियों से उसे चिढ़ थी, इसलिए कि वे अंगीठी से आग निकाल ले जाते थे। इन समस्त विघ्न-बाधाओं से उसके लिए कोई पनाह थी, तो वह यही तोता था। इससे उसे किसी प्रकार का कष्ट न होता था। वह अब उस अवस्था में था, जब मनुष्य को शांति भोग के सिवा और कोई इच्छा नहीं रहती।

तोता एक खपरैल पर बैठा था। महादेव ने पिंजरा उतार लिया और उसे दिखाकर कहने लगा-'आ-आ' 'सत्त गुरुदत्त शिवदत्त दाता।' लेकिन गांव और घर के लड़के एकत्र होकर चिल्लाने और तालियां बजाने लगे। ऊपर से कौओं ने कांव-कांव की रट लगायी। तोता उड़ा और गांव से बाहर निकलकर एक पेड़ पर जा बैठा। महादेव खाली पिंजड़ा लिये उसके पीछे दौड़ा, सो दौड़ा।

लोगों को उसकी द्रुतगामिता पर अचम्भा हो रहा था। मोह की इससे सुंदर, इससे सजीव, इससे भावमय कल्पना नहीं की जा सकती।

दोपहर हो गयी थी। किसान लोग खेतों से चले आ रहे थे। उन्हें विनोद का अच्छा अवसर मिला। महादेव को चिढ़ाने में सभी को मजा आता था। किसी ने कंकड़ फेंके, किसी ने तालियां बजायीं। तोता फिर उड़ा और वहां से दूर आम के बाग में एक पेड़ की फुनगी पर जा बैठा। महादेव फिर खाली पिंजड़ा लिये मेंढक की भांति उचकता चला। बाग में पहुंचा तो पैर के तलुओं से आग निकल रही थी; सिर चक्कर खा रहा था। जब जरा सावधान हुआ, तो फिर पिंजड़ा उठाकर कहने लगा– 'सत्त गुरुदत्त शिवदत्त दाता।' तोता फुनगी से उतरकर नीचे की एक डाल पर आ बैठा, किन्तु महादेव की ओर सशंक नेत्रों से ताक रहा था। महादेव ने समझा, डर रहा है। वह पिंजड़े को छोड़कर आप एक दूसरे पेड़ की आड़ में छिप गया। तोते ने चारों ओर गौर से देखा, निशंक हो गया, उतरा और आकर पिंजड़े के ऊपर बैठ गया। महादेव का हृदय उछलने लगा। 'सत्त गुरुदत्त शिवदत्त दाता' का मंत्र जपता हुआ धीरे-धीरे तोते के समीप आया और लपका कि तोते को पकड़ ले; किन्तु तोता हाथ न आया, फिर पेड़ पर जा बैठा।

शाम तक यही हाल रहा। तोता कभी इस डाल पर जाता, कभी उस डाल पर। कभी पिंजड़े पर आ बैठता, कभी पिंजड़े के द्वार पर बैठ अपने दाना-पानी की प्यालियों को देखता और फिर उड़ जाता। बुड्ढा अगर मूर्तिमान मोह था, तो तोता मूर्तिमयी माया। यहां तक कि शाम हो गयी। माया और मोह का यह संग्राम अंधकार में विलीन हो गया।

रात हो गयी! चारों ओर निविड़ अंधकार छा गया। तोता न जाने पत्तों में कहां छिपा बैठा था। महादेव जानता था कि रात को तोता कहीं उड़कर नहीं जा सकता और न पिंजड़े ही में आ

सकता है, फिर भी वह उस जगह से हिलने का नाम न लेता था। आज उसने दिन भर कुछ नहीं खाया। रात के भोजन का समय भी निकल गया, पानी की बूंद भी उसके कंठ में न गयी; लेकिन उसे न भूख थी, न प्यास ! तोते के बिना उसे अपना जीवन निस्सार, शुष्क और सूना जान पड़ता था। वह दिन-रात काम करता था; इसलिए कि यह उसकी अंत:प्रेरणा थी; जीवन के और काम इसलिए करता था कि आदत थी। इन कामों में उसे अपनी सजीवता का लेश-मात्र भी ज्ञान न होता था। तोता ही वह वस्तु था, जो उसे चेतना की याद दिलाता था। उसका हाथ से जाना जीव का देह-त्याग करना था।

महादेव दिन भर का भूखा-प्यासा, थका-मांदा, रह-रहकर झपकियां ले लेता था; किन्तु एक क्षण में फिर चौंककर आंखें खोल देता और उस विस्तृत अंधकार में उसकी आवाज सुनायी देती–'सत्त गुरुदत्त शिवदत्त दाता'।

आधी रात गुजर गयी थी। सहसा वह कोई आहट पाकर चौंका। देखा, एक दूसरे वृक्ष के नीचे एक धुंधला दीपक जल रहा है और कई आदमी बैठे हुए आपस में कुछ बातें कर रहे हैं। वे सब चिलम पी रहे थे। तमाखू की महक ने उसे अधीर कर दिया। उच्च स्वर से बोला–'सत्त गुरुदत्त शिवदत्त दाता' और उन आदमियों की ओर चिलम पीने चला गया; किंतु जिस प्रकार बंदूक की आवाज सुनते ही हिरन भाग जाते हैं, उसी प्रकार उसे आते देख सब-के-सब उठकर भागे। कोई इधर गया, कोई उधर। महादेव चिल्लाने लगा–'ठहरो-ठहरो' एकाएक उसे ध्यान आ गया, ये सब चोर हैं। वह जोर से चिल्ला उठा–'चोर-चोर, पकड़ो-पकड़ो।' चोरों ने पीछे मुड़कर न देखा।

महादेव दीपक के पास गया, तो उसे एक कलसा रखा हुआ मिला, जो मोर्चे से काला हो रहा था। महादेव का हृदय उछलने लगा। उसने कलसे में हाथ डाला, तो मोहरें थीं। उसने एक मोहर

बाहर निकाली और दीपक के उजाले में देखा। हां, मोहर थी। उसने तुरंत कलसा उठा लिया, और दीपक बुझा दिया, फिर पेड़ के नीचे छिपकर बैठ रहा। साह से चोर बन गया।

उसे फिर शंका हुई, ऐसा न हो चोर लौट आयें और मुझे अकेला देखकर मोहरें छीन लें। उसने कुछ मोहर कमर में बांधीं, फिर एक सूखी लकड़ी से जमीन की मिट्टी हटाकर कई गढ्ढे बनाये, उन्हें मोहरों से भरकर मिट्टी से ढंक दिया।

महादेव के अंतर्नेत्रों के सामने अब एक दूसरा जगत् था, चिंताओं और कल्पना से परिपूर्ण। यद्यपि अभी कोष के हाथ से निकल जाने का भय था, पर अभिलाषाओं ने अपना काम शुरू कर दिया। एक पक्का मकान बन गया, सराफे की एक भारी दुकान खुल गयी, निज सम्बन्धियों से फिर नाता जुड़ गया, विलास की सामग्रियां एकत्रित हो गयीं। तब तीर्थ-यात्रा करने चले और वहाँ से लौटकर बड़े समारोह में यज्ञ, ब्रह्मभोज हुआ। इसके पश्चात् एक शिवालय और कुआं बन गया, एक बाग भी लग गया और वह नित्यप्रति कथा-पुराण सुनने लगा। साधु-सन्तों का आदर-सत्कार होने लगा।

अकस्मात् उसे ध्यान आया। कहीं चोर आ जाएं, तो मैं भागूंगा क्योंकर? उसने परीक्षा करने के लिए कलसा उठाया और दो सौ पग तक बेतहाशा भागा हुआ चला गया। जान पड़ता था, उसके पैरों में पर लग गये हैं। चिंता शांत हो गयी। इन्हीं कल्पनाओं में रात व्यतीत हो गयी। उषा का आगमन हुआ, हवा जगी, चिड़ियां गाने लगीं। सहसा महादेव के कानों में आवाज आयी-

सत्त गुरुदत्त शिवदत्त दाता,
राम के चरण में चित्त लागा।

यह बोल सदैव महादेव की जिह्वा पर रहता था। दिन में सहस्त्रों ही बार ये शब्द उसके मुंह से निकलते थे, पर उसका धार्मिक भाव कभी भी उसके अंतःकरण को स्पर्श न करता था।

जैसे किसी बाजे से राग निकलता है, उसी प्रकार उसके मुंह से यह बोल निकलता था। निरर्थक और प्रभाव-शून्य। तब उसका हृदय-रूपी वृक्ष पत्र-पल्लव विहीन था। यह निर्मल वायु उसे गुंजरित न कर सकती थी; पर अब उस वृक्ष में कोपलें और शाखाएं निकल आयी थीं। वह इस वायु-प्रवाह से झूम उठा, गुंजित हो गया।

अरुणोदय का समय था। प्रकृति एक अनुरागमय प्रकाश में डूबी हुई थी। उसी समय तोता पैरों को जोड़े हुए ऊंची डाल से उतरा, जैसे आकाश से कोई तारा टूटे और आकर पिंजड़े में बैठ गया। महादेव प्रफुल्लित होकर दौड़ा और पिंजड़े को उठाकर बोला- 'आओ आत्माराम, तुमने कष्ट तो बहुत दिया, पर मेरा जीवन भी सफल कर दिया। अब तुम्हें चांदी के पिंजड़े में रखूंगा और सोने से मढ़ दूंगा।' उसके रोम-रोम से परमात्मा के गुणानुवाद की ध्वनि निकलने लगी। प्रभु तुम कितने दयावान् हो! यह तुम्हारा असीम वात्सल्य है, नहीं तो मुझ पापी, पतित प्राणी कब इस कृपा के योग्य था! इन पवित्र भावों से उसकी आत्मा विह्वल हो गयी! वह अनुरक्त होकर कह उठा-

'सत्त गुरुदत्त शिवदत्त दाता,
राम के चरण में चित्त लागा।'

उसने एक हाथ में पिंजड़ा लटकाया, बगल में कलसा दबाया और घर चला।

महादेव घर पहुंचा, तो अभी कुछ अंधेरा था। रास्ते में एक कुत्ते के सिवा और किसी से भेंट न हुई, और कुत्ते को मोहरों से विशेष प्रेम नहीं होता। उसने कलसे को एक नाद में छिपा दिया और उसे कोयले से अच्छी तरह ढककर अपनी कोठरी में रख आया। जब दिन निकल आया तो वह सीधे पुरोहित के घर पहुंचा। पुरोहित पूजा पर बैठे सोच रहे थे-कल ही मुकदमे की पेशी है और अभी तक हाथ में कौड़ी भी नहीं-यजमानों में कोई सांस भी

नहीं लेता। इतने में महादेव ने पालागन की। पंडित जी ने मुंह फेर लिया। यह अंमगलमूर्ति कहां से आ पहुंची, मालूम नहीं, दाना भी मयस्सर होगा या नहीं। रुष्ट होकर पूछा- 'क्या है जी, क्या कहते हो। जानते नहीं, हम इस समय पूजा पर रहते हैं।'

महादेव ने कहा- 'महाराज, आज मेरे यहां सत्यनारायण की कथा है।'

पुरोहित जी विस्मित हो गये। कानों पर विश्वास न हुआ। महादेव के घर कथा का होना उतनी ही असाधारण घटना थी, जितनी अपने घर से किसी भिखारी के लिए भीख निकालना। पूछा- 'आज क्या है?'

महादेव बोला- 'कुछ नहीं, ऐसी इच्छा हुई कि आज भगवान की कथा सुन लूं।'

प्रभात ही से तैयारी होने लगी। वेदों के निकटवर्ती गांवों में सुपारी फिरी। कथा के उपरांत भोज का भी नेवता था। जो सुनता आश्चर्य करता। आज रेत में दूब कैसे जमी!

संध्या समय जब सब लोग जमा हुए और पंडित जी अपने सिंहासन पर विराजमान हुए, तो महादेव खड़ा होकर उच्च स्वर में बोला- 'भाइयो, मेरी सारी उम्र छल-कपट में कट गयी। मैंने न जाने कितने आदमियों को दगा दीया, कितने खरे को खोटा किया; पर अब भगवान ने मुझ पर दया की है, वह मेरे मुंह की कालिख को मिटाना चाहते हैं। मैं आप सब भाईयों से ललकार कर कहता हूं कि जिसका मेरे जिम्मे जो कुछ निकलता हो, जिसकी जमा मैंने मार ली हो, जिसके चोखे माल को खोटा कर दिया हो, वह आकर अपनी एक-एक कौड़ी चुका ले, अगर कोई यहां न आ सका हो, तो आप लोग उससे जाकर कह दीजिए, कल से एक महीने तक, जब जी चाहे, आये और अपना हिसाब चुकता कर ले। गवाही-साखी का काम नहीं।'

सब लोग सन्नाटे में आ गये। कोई मार्मिक भाव से सिर

हिलाकर बोला-हम कहते न थे। किसी ने अविश्वास से कहा-'क्या खाकर भरेगा, हजारों का टोटल हो जायेगा।'

एक ठाकुर ने ठठोली की- 'और जो लोग सुरधाम चले गये।'

महादेव ने उत्तर दिया- 'उसके घर वाले तो होंगे।'

किन्तु इस समय लोगों को वसूली की इतनी इच्छा न थी, जितनी यह जानने की कि इसे इतना धन मिल कहां से गया। किसी को महादेव के पास आने का साहस न हुआ। देहात के आदमी थे, गड़े मुर्दे उखाड़ना क्या जानें। फिर प्राय: लोगों को याद भी न था कि उन्हें महादेव से क्या पाना है, और ऐसे पवित्र अवसर पर भूल-चूक हो जाने का भय उनका मुंह बन्द किये हुए था। सबसे बड़ी बात यह थी कि महादेव की साधुता ने उन्हें वशीभूत कर लिया था।

अचानक पुरोहित जी बोले- 'तुम्हें याद है, मैंने एक कंठा बनाने के लिए सोना दिया था, तुमने कई माशे तौल में उड़ा दिये थे।'

महादेव- 'हां, याद है, आपका कितना नुकसान हुआ होगा?'

पुरोहित- 'पचास रुपये से कम न होगा।'

महादेव ने कमर से दो मोहरें निकालीं और पुरोहित जी के सामने रख दीं।

पुरोहित जी की लोलुपता पर टीकाएं होने लगीं। यह बेईमानी है, बहुत हो, तो दो-चार रुपये का नुकसान हुआ होगा। बेचारे से पचास रुपये ऐंठ लिये। नारायण का भी डर नहीं। बनने को पंडित, पर नीयत ऐसी खराब! राम-राम !!

लोगों को महादेव पर एक श्रद्धा-सी हो गयी। एक घंटा बीत गया, पर उन सहस्त्रों मनुष्यों में से एक भी खड़ा न हुआ। तब महादेव ने फिर कहा- 'मालूम होता है, आप लोग अपना-अपना हिसाब भूल गये हैं, इसलिए आज कथा होने दीजिए। मैं एक महीने तक आपकी राह देखूंगा। इसके पीछे तीर्थ-यात्रा करने चला

जाऊंगा। आप सब भाइयों से मेरी विनती है कि आप मेरा उद्धार करें।'

एक महीने तक महादेव लेनदारों की राह देखता रहा। रात को चोरों के भय से नींद न आती। अब वह कोई काम न करता। शराब का चस्का भी छूटा। साधु-अभ्यागत जो द्वार पर आ जाते, उनका यथायोग्य सत्कार करता। दूर-दूर उसका सुयश फैल गया। यहां तक कि महीना पूरा हो गया और एक आदमी भी हिसाब लेने न आया। अब महादेव को ज्ञान हुआ कि संसार में कितना धर्म, कितना सद्व्यवहार है। अब उसे मालूम हुआ कि संसार बुरों के लिए बुरा है और अच्छों के लिए अच्छा।

इस घटना को हुए पचास वर्ष बीत चुके हैं। आप बेदों जाइये, तो दूर ही से एक सुनहला कलश दिखायी देता है। वह ठाकुरद्वारे का कलश है। उससे मिला हुआ एक पक्का तालाब है, जिसमें खूब कमल खिले रहते हैं। उसकी मछलियां कोई नहीं पकड़ता, तालाब के किनारे एक विशाल समाधि है। यही आत्माराम का स्मृति-चिह्न है, उसके सम्बन्ध में विभिन्न किवदंतियां प्रचलित हैं। कोई कहता है, वह रत्नजड़ित पिंजड़ा स्वर्ग को चला गया, कोई कहता, वह 'सत्त गुरुदत्त' कहता हुआ अंतर्धान हो गया, पर यथार्थ यह है कि उस पक्षी-रूपी चंद्र को किसी बिल्ली-रूपी राहु ने ग्रस लिया। लोग कहते हैं, आधी रात को अभी तक तालाब के किनारे आवाज आती है-

'सत्त गुरुदत्त शिवदत्त दाता,
राम के चरण में चित्त लागा।'

महादेव के विषय में भी कितनी ही जन-श्रुतियां हैं। उनमें सबसे मान्य यह है कि आत्माराम के समाधिस्थ होने के बाद वह कई संन्यासियों के साथ हिमालय चला गया और वहां से लौटकर न आया। उसका नाम आत्माराम प्रसिद्ध हो गया।

उपदेश

प्रयाग के सुशिक्षित समाज में पंडित देवरत्न शर्मा वास्तव में एक रत्न थे। शिक्षा भी उन्होंने उच्च श्रेणी की पायी थी और कुल के भी उच्च थे। न्यायशील गवर्नमेंट ने उन्हें एक उच्च पद पर नियुक्त करना चाहा, पर उन्होंने अपनी स्वतंत्रता का घात करना उचित न समझा। उनके कई शुभचिंतक मित्रों ने बहुत समझाया कि इस सुअवसर को हाथ से मत जाने दो, सरकारी नौकरी बड़े भाग्य से मिलती है, बड़े-बड़े लोग इसके लिए तरसते हैं और कामना लिए ही संसार से प्रस्थान कर जाते हैं। अपने कुल की कीर्ति उज्ज्वल करने का इससे सुगम और सरल मार्ग नहीं है, इसे कल्पवृक्ष समझो। वैभव, सम्पत्ति, सम्मान और ख्याति यह सब इसके दास हैं। रह गयी देश-सेवा, सो तुम्हीं देश के लिए क्यों प्राण देते हो? इस नगर में अनेक बड़े-बड़े विद्वान और धनवान पुरुष हैं, जो सुख-चैन से बँगलों में रहते और मोटरों पर हरहराते, धूल की आँधी उड़ाते घूमते हैं। क्या वे लोग देश-सेवक नहीं हैं? जब आवश्यकता होती है या कोई अवसर आता है तो वे देश-सेवा में निमग्न हो जाते हैं। अभी जब म्युनिसिपल चुनाव का झगड़ा छिड़ा तो मेयोहाल के हाते में मोटरों का ताँता लगा हुआ था। भवन के भीतर राष्ट्रीय गीतों और व्याख्यानों की भरमार थी। पर इनमें से कौन ऐसा है, जिसने स्वार्थ को तिलांजलि दे रखी हो? संसार का नियम ही है कि पहले घर में दीया जला कर तब मस्ज़िद में जलाया जाता है। सच्ची बात तो यह है कि यह

जातीयता की चर्चा कुछ कॉलेज के विद्यार्थियों को ही शोभा देती है। जब संसार में प्रवेश हुआ तो कहाँ की जाति और कहाँ की जातीय चर्चा। संसार की यही रीति है। फिर तुम्हीं को काजी बनने की क्या जरूरत! यदि सूक्ष्म दृष्टि से देखा जाय तो सरकारी पद पाकर मनुष्य अपने देश-भाइयों की जैसी सच्ची सेवा कर सकता है, वैसी किसी अन्य व्यवस्था से कदापि नहीं कर सकता। एक दयालु दारोगा सैकड़ों जातीय सेवकों से अच्छा है। एक न्यायशील, धर्मपरायण मजिस्ट्रेट सहस्त्रों जातीय दानवीरों से अधिक सेवा कर सकता है। इसके लिए केवल हृदय में लगन चाहिए। मनुष्य चाहे जिस अवस्था में हो, देश का हित-साधन कर सकता है। इसीलिए अब अधिक आगा-पीछा न करो, चटपट पद को स्वीकार कर लो।

शर्मा जी को और युक्तियां कुछ न जंची, पर इस अंतिम युक्ति की सारगर्भिता से वह इनकार न कर सके। लेकिन फिर भी चाहे नियमपरायणता के कारण, चाहे केवल आलस्य के वश जो बहुधा ऐसी दशा में जातीय सेवा का गौरव पा जाता है, उन्होंने नौकरी से अलग रहने में ही अपना कल्याण समझा। उनके इस स्वार्थ-त्याग पर कॉलेज के नवयुवकों ने उन्हें खूब बधाइयां दीं। इस आत्म-विजय पर एक जातीय ड्रामा खेला गया, जिसके नायक हमारे शर्मा जी ही थे। समाज की उच्च श्रेणियों में इस आत्म-त्याग की चर्चा हुई और शर्मा जी को अच्छी-खासी ख्याति प्राप्त हो गयी! इसी से वह कई वर्षों से जातीय सेवा में लीन रहते थे। इस सेवा का अधिक भाग समाचार-पत्रों के अवलोकन में बीतता था, जो जातीय सेवा का ही एक विशेष अंग समझा जाता है। इसके अतिरिक्त वह पत्रों के लिए लेख लिखते, सभाएं करते और उनमें फड़कते हुए व्याखान देते थे। शर्मा जी फ्री लाइब्रेरी के सेक्रेटरी, स्टूडेंट्स एसोसिएशन के सभापति, सोशल सर्विस लीग के सहायक मंत्री और प्राइमरी एजूकेशन कमैटी के संस्थापक थे। कृषि-सम्बन्धी विषयों से उन्हें विशेष प्रेम था। पत्रों में जहां कहीं

किसी नयी खाद या किसी नवीन आविष्कार का वर्णन देखते, तत्काल उस पर लाल पेन्सिल से निशान कर देते और अपने लेखों में उसकी चर्चा करते थे। किंतु शहर से थोड़ी दूर पर उनका एक बड़ा ग्राम होने पर भी, वह अपने किसी असामी से परिचित न थे। यहाँ तक कि कभी प्रयाग के सरकारी कृषि-क्षेत्र की सैर करने न गये थे।

* * *

उसी मुहल्ले में एक लाला बाबूलाल रहते थे। वह एक वकील के मुहर्रिर थे। थोड़ी-सी उर्दू-हिंदी भी जानते थे और उसी से अपना काम भली-भाँति चला लेते थे। सूरत-शक्ल के कुछ सुन्दर न थे। उस शक्ल पर मऊ के चारखाने की लम्बी अचकन और भी शोभा देती थी। जूता भी देशी ही पहनते थे। यद्यपि कभी-कभी वे कड़वे तेल से उसकी सेवा किया करते, पर वह नीच स्वभाव के अनुसार उन्हें काटने से न चूकता था। बेचारे को साल के छह महीने पैरों में मलहम लगानी पड़ती। बहुधा नंगे पाँव कचहरी जाते, पर कंजूस कहलाने के भय से जूतों को हाथ में ले जाते। जिस ग्राम में शर्मा जी की जमींदारी थी, उसमें कुछ थोड़ा-सा हिस्सा उनका भी था। इस नाते से कभी-कभी उनके पास आया करते थे। हाँ, तातील के दिनों में गाँव चले जाते। शर्मा जी को उनका आकर बैठना नागवार मालूम देता, विशेषकर जब वह फैशनेबल मनुष्यों की उपस्थिति में आ जाते। मुंशी जी भी कुछ ऐसी स्थूल दृष्टि के पुरुष थे कि उन्हें अपना अनमिलापन बिलकुल दिखायी न देता। सबसे बड़ी आपत्ति यह थी वे बराबर कुर्सी पर डट जाते, मानो हंसों में कौआ। उस समय मित्रगण अँगरेजी में बातें करने लगते और बाबूलाल को क्षुद्र-बुद्धि, झक्की, बौड़म, बुद्धू आदि उपाधियों का पात्र बनाते। कभी-कभी उनकी हँसी उड़ाते थे। शर्मा जी में इतनी सज्जनता अवश्य थी कि वे अपने विचारहीन मित्र को यथाशक्ति निरादर से बचाते थे। यथार्थ में बाबूलाल की शर्मा जी पर सच्ची भक्ति थी।

ईदगाह और अन्य कहानियां

एक तो वह बी.ए. पास थे, दूसरे वह देशभक्त थे। बाबूलाल जैसे विद्याहीन मनुष्य का ऐसे रत्न को आदरणीय समझना कुछ अस्वाभाविक न था।

एक बार प्रयाग में प्लेग का प्रकोप हुआ। शहर के रईस लोग निकल भागे। बेचारे गरीब चूहों की भाँति पटापट मरने लगे। शर्मा जी ने भी चलने की ठानी। लेकिन सोशल सर्विस लीग के वे मंत्री ठहरे। ऐसे अवसर पर निकल भागने में बदनामी का भय था। बहाना ढूंढ़ा। लीग के प्राय: सभी लोग कॉलेज में पढ़ते थे। उन्हें बुला कर इन शब्दों में अपना अभिप्राय प्रकट किया- मित्रवृन्द! आप अपनी जाति के दीपक हैं। आप ही इस मरणोन्मुख जाति के आशास्थल हैं। आज हम पर विपत्ति की घटाएँ छायी हुई हैं। ऐसी अवस्था में हमारी आँखें आपकी ओर न उठें तो किसकी ओर उठेंगी। मित्र, इस जीवन में देशसेवा के अवसर बड़े सौभाग्य से मिला करते हैं। कौन जानता है कि परमात्मा ने तुम्हारी परीक्षा के लिए ही यह वज्रप्रहार किया हो। जनता को दिखा दो कि तुम वीरों का हृदय रखते हो, जो कितने ही संकट पड़ने पर भी विचलित नहीं होता। हाँ, दिखा दो कि वह वीरप्रसविनी पवित्र भूमि जिसने हरिश्चंद्र और भरत को उत्पन्न किया, आज भी शून्यगर्भा नहीं है। जिस जाति के युवकों में अपने पीड़ित भाइयों के प्रति ऐसी करुणा और यह अटल प्रेम है वह संसार में सदैव यश-कीर्ति की भागी रहेगी। आइए, हम कमर बाँधकर कर्म-क्षेत्र में उतर पड़ें। इसमें संदेह नहीं कि काम कठिन है, राह बीहड़ है, आपको अपने आमोद-प्रमोद, अपने हॉकी-टेनिस, अपने मिल और मिल्टन को छोड़ना पड़ेगा। तुम जरा हिचकोगे, हटोगे और मुँह फेर लोगे, परन्तु भाइयों! जातीय सेवा का स्वर्गीय आनंद सहज में नहीं मिल सकता! हमारा पुरुषत्व, हमारा मनोबल, हमारा शरीर यदि जाति के काम न आवे तो वह व्यर्थ है। मेरी प्रबल आकांक्षा थी कि इस शुभ कार्य में मैं तुम्हारा हाथ बँटा सकता, पर आज ही देहातों में

भी बीमारी फैलने का समाचार मिला है। अतएव मैं यहाँ का काम आपके सुयोग्य, सुदृढ़, हाथों में सौंपकर देहात में जाता हूँ कि यथासाध्य देहाती भाइयों की सेवा करूँ। मुझे विश्वास है कि आप सहर्ष मातृभूमि के प्रति अपना कर्तव्य पालन करेंगे।

इस तरह गला छुड़ाकर शर्मा जी संध्या समय स्टेशन पहुँचे। पर मन कुछ मलिन था। वे अपनी इस कायरता और निर्बलता पर मन ही मन लज्जित थे।

संयोगवश स्टेशन पर उनके एक वकील मित्र मिल गये। यह वही वकील थे जिनके आश्रय में बाबूलाल का निर्वाह होता था। यह भी भागे जा रहे थे। बोले 'कहिए शर्मा जी, किधर चले? क्या भाग खड़े हुए?'

शर्मा जी पर घड़ों पानी पड़ गया, पर संभल कर बोले– 'भागूं क्यों?'

वकील– 'सारा शहर क्यों भागा जा रहा है?'

शर्मा जी– 'मैं ऐसा कायर नहीं हूँ?'

वकील– 'यार क्यों बात बनाते हो, अच्छा बताओ, कहां जाते हो?'

शर्मा जी– 'देहातों में बीमारी फैल रही है, वहाँ कुछ रिलीफ का काम करूँगा।'

वकील– 'यह बिलकुल झूठ है। अभी मैं डिस्ट्रिक्ट गजट देख के चला आता हूँ। शहर के बाहर कहीं बीमारी का नाम नहीं है।'

शर्मा जी निरुत्तर होकर भी विवाद कर सकते थे। बोले, 'गजट को आप देव-वाणी समझते होंगे, मैं नहीं समझता।'

वकील– 'आपके कान में तो आकाश के दूत कह गये होंगे? साफ-साफ क्यों नहीं कहते कि जान के डर से भागा जा रहा हूँ।'

शर्मा जी– 'अच्छा, मान लीजिए यही सही। तो क्या पाप कर रहा हूँ? सबको अपनी जान प्यारी होती है।'

वकील – 'हाँ, अब आये राह पर। यह मरदों की-सी बात है। अपने जीवन की रक्षा करना शास्त्र का पहला नियम है। लेकिन

अब भूलकर भी देश-भक्ति की डींग न मारिएगा। इस काम के लिए बड़ी दृढ़ता और आत्मिक बल की आवश्यकता है। स्वार्थ और देश-भक्ति में विरोधात्मक अंतर है। देश पर मिट जाने वाले को देश-सेवक का सर्वोच्च पद प्राप्त होता है, वाचालता और कोरी कलम घिसने से देश-सेवा नहीं होती। कम से कम मैं तो अखबार पढ़ने को यह गौरव नहीं दे सकता। अब कभी बढ़-बढ़ कर बातें न कीजिएगा। आप लोग अपने सिवा सारे संसार को स्वार्थांध समझते हैं, इसी से कहता हूं।'

शर्मा जी ने उद्दंडता का कुछ उत्तर न दिया। घृणा से मुँह फेर कर गाड़ी में बैठ गये।

* * *

तीसरे ही स्टेशन पर शर्मा जी उतर पड़े। वकील की कठोर बात से खिन्न हो रहे थे। चाहते थे कि उसकी आंख बचा कर निकल जाएं, पर देख ही लिया और हंस कर बोला- 'क्या आपके ही गांव में प्लेग का दौरा हुआ है?'

शर्मा जी ने कुछ उत्तर न दिया। बहली पर जा बैठे। कई बेगार हाजिर थे। उन्होंने असबाब उठाया। फागुन का महीना था। आमों के बौर से महकती हुई मंद-मंद वायु चल रही थी। कभी-कभी कोयल की सुरीली तान सुनायी दे जाती थी। खलिहानों में किसान आनन्द से उन्मत्त हो-हो कर फाग गा रहे थे। लेकिन शर्मा जी को अपनी फटकार पर ऐसी ग्लानि थी कि इन चित्ताकर्षक वस्तुओं का उन्हें कुछ ध्यान ही न हुआ।

थोड़ी देर बाद वे ग्राम में पहुंचे। शर्मा जी के स्वर्गवासी पिता एक रसिक पुरुष थे। एक छोटा-सा बाग, छोटा-सा पक्का कुआं, बंगला, शिवजी का मंदिर यह सब उन्हीं के कीर्ति चिह्न थे। वह गर्मी के दिनों में यहीं रहा करते थे, पर शर्मा जी के यहां आने का पहला ही अवसर था। बेगारियों ने चारों तरफ सफाई कर रक्खी थी। शर्मा जी बहली से उतर कर सीधे बंगले में चले गये, सैकड़ों

असामी दर्शन करने आये थे, पर वह उनसे कुछ न बोले।

घड़ी रात जाते-जाते शर्मा जी के नौकर टमटम लिये आ पहुंचे। कहार, साईस और रसोइया-महाराज तीनों ने असामियों को इस दृष्टि से देखा मानो वह उनके नौकर हैं। साईस ने एक मोटे-ताजे किसान से कहा- 'घोड़े को खोल दो।'

किसान बेचारा डरता-डरता घोड़े के निकट गया। घोड़े ने अनजान आदमी को देखते ही तेवर बदलकर कनौतियाँ खड़ी कीं। किसान डर कर लौट आया, तब साईस ने उसे ढकेलकर कहा 'बस, निरे बछिया के ताऊ ही हो। हल जोतने से क्या अक्ल भी चली जाती है? यह लो घोड़ा टहलाओ। मुंह क्या बनाते हो, कोई सिंह है कि खा जायगा?'

किसान ने भय से कांपते हुए रास पकड़ी। उसका घबराया हुआ मुख देखकर हंसी आती थी। पग-पग पर घोड़े को चौकन्नी दृष्टि से देखता, मानो वह कोई पुलिस का सिपाही है।

रसोई बनाने वाले महाराज एक चारपाई पर लेटे हुए थे कड़ककर बोले, 'अरे नउआ कहां है ? चल पानी-वानी ला, हाथ-पैर धो दे।'

कहार ने कहा- 'अरे, किसी के पास जरा सुरती-चूना हो तो देना। बहुत देर से तमाखू नहीं खायी।'

मुख्तार (कारिंदा) साहब ने इन मेहमानों की दावत का प्रबंध किया। साईस और कहार के लिए पूरियाँ बनने लगीं, महाराज को सामान दिया गया। मुख्तार साहब इशारे पर दौड़ते थे और दीन किसानों का तो पूछना ही क्या, वे तो बिना दामों के गुलाम थे। सच्चे-स्वतंत्र लोग इस समय सेवकों के सेवक बने हुए थे।

* * *

कई दिन बीत गये। शर्मा जी अपने बंगले में बैठे पत्र और पुस्तकें पढ़ा करते थे। रस्किन के कथनानुसार राजाओं और महात्माओं के सत्संग का सुख लूटते थे, हालैंड के कृषि-विधान,

अमेरिकी शिल्प-वाणिज्य और जर्मनी की शिक्षा-प्रणाली आदि गूढ़ विषयों पर विचार किया करते थे। गांव में ऐसा कौन था जिसके साथ बैठते? किसानों से बातचीत करने को उनका जी चाहता, पर न जाने क्यों वे उजड्ड, अक्खड़ लोग उनसे दूर रहते। शर्मा जी का मस्तिष्क कृषि-सम्बन्धी ज्ञान का भंडार था। हालैंड और डेनमार्क की वैज्ञानिक खेती, उसकी उपज का परिमाण और वहाँ के कोआपरेटिव बैंक आदि गहन विषय उनकी जिह्वा पर थे, पर इन गंवारों को क्या खबर? यह सब उन्हें झुककर पालागन अवश्य करते और कतराकर निकल जाते, जैसे कोई मरकहे बैल से बचे। यह निश्चय करना कठिन है कि शर्मा जी की उनसे वार्तालाप करने की इच्छा में क्या रहस्य था, सच्ची सहानुभूति या अपनी सर्वज्ञता का प्रदर्शन !

शर्मा जी की डाक शहर से लाने और ले जाने के लिए दो आदमी प्रतिदिन भेजे जाते। वह लुई कूने की जल-चिकित्सा के भक्त थे। मेवों का अधिक सेवन करते थे। एक आदमी इस काम के लिए भी दौड़ाया जाता था। शर्मा जी ने अपने मुख्तार से सख्त ताकीद कर दी थी कि किसी से मुफ्त काम न लिया जाए तथापि शर्मा जी को यह देखकर आश्चर्य होता था कि कोई इन कामों के लिए प्रसन्नता से नहीं जाता। प्रतिदिन बारी-बारी से आदमी भेजे जाते थे। वह इसे भी बेगार समझते थे। मुख्तार साहब को प्रायः कठोरता से काम लेना पड़ता था। शर्मा जी किसानों की इस शिथिलता को मुटमरदी के सिवा और क्या समझते! कभी-कभी वह स्वयं क्रोध से भरे हुए अपने शान्ति-कुटीर से निकल आते और अपनी तीव्र वाक-शक्ति का चमत्कार दिखाने लगते थे। शर्मा जी के घोड़े के लिए घास-चारे का प्रबन्ध भी कुछ कम कष्टदायक न था। रोज संध्या समय डाँट-डपट और रोने-चिल्लाने की आवाज उन्हें सुनायी देती थी। एक कोलाहल-सा मच जाता

था। पर वह इस सम्बन्ध में अपने मन को इस प्रकार समझा लेते थे कि घोड़ा भूखों नहीं मर सकता, घास का दाम दे दिया जाता है, यदि इस पर भी यह हाय-हाय होती है तो हुआ करे। शर्मा जी को यह कभी नहीं सूझी कि जरा चमारों से पूछ लें कि घास का दाम मिलता है या नहीं। यह सब व्यवहार देख-देख कर उन्हें अनुभव होता जाता था कि देहाती बड़े मुटमरद, बदमाश हैं। इनके विषय में मुख्तार साहब जो कुछ कहते हैं, वह यथार्थ है। पत्रों और व्याख्यानों में उनकी अवस्था पर व्यर्थ गुल-गपाड़ा मचाया जाता है, यह लोग इसी बरताव के योग्य हैं। जो इनकी दीनता और दरिद्रता का राग अलापते हैं, वह सच्ची अवस्था से परिचित नहीं हैं। एक दिन शर्मा जी महात्माओं की संगति से उकता कर सैर को निकले। घूमते-फिरते खलिहानों की तरफ निकल गये। वहां आम के वृक्ष के नीचे किसानों की गाढ़ी कमाई के सुनहरे ढेर लगे हुए थे। चारों ओर भूसे की आंधी-सी उड़ रही थी। बैल अनाज का एक गाल खा लेते थे। यह सब उन्हीं की कमाई है, उनके मुंह में आज चाबी देना बड़ी कृतघ्नता है। गाँव के बढ़ई, चमार, धोबी और कुम्हार अपना वार्षिक कर उगाहने के लिए जमा थे। एक ओर नट ढोल बजा-बजा कर अपने करतब दिखा रहा था। कवीश्वर महाराज की अतुल काव्य-शक्ति आज उमंग पर थी।

शर्मा जी इस दृश्य से बहुत प्रसन्न हुए। परन्तु इस उल्लास में उन्हें अपने कई सिपाही दिखायी दिये जो लट्ठ लिये अनाज के ढेरों के पास जमा थे। पुष्पवाटिका में ठूँठ जैसा भद्दा दिखायी देता है अथवा ललित संगीत में जैसे कोई बेसुरी तान कानों को अप्रिय लगती है, उसी तरह शर्मा जी की सहृदयतापूर्ण दृष्टि में ये मंडराते हुए सिपाही दिखायी दिये। उन्होंने निकट जाकर एक सिपाही को बुलाया। उन्हें देखते ही सब-के-सब पगडंडियां संभालते दौड़े।

शर्मा जी ने पूछा- 'तुम लोग यहां इस तरह क्यों बैठे हो?'

एक सिपाही ने उत्तर दिया– 'सरकार, हम लोग असामियों के सिर पर सवार न रहें तो एक कौड़ी वसूल न हो। अनाज घर में जाने की देर है, फिर वह सीधे बात भी न करेंगे। बड़े सरकश लोग हैं। हम लोग रात की रात बैठे रहते हैं। इतने पर भी जहां आंख झपकी ढेर गायब हुआ।'

शर्मा जी ने पूछा– 'तुम लोग यहां कब तक रहोगे?' एक सिपाही ने उत्तर दिया 'हुजूर! बनियों को बुलाकर अपने सामने अनाज तौलते हैं। जो कुछ मिलता है उसमें से लगान काटकर बाकी असामी को देते हैं।'

शर्मा जी सोचने लगे, जब यह हाल है तो इन किसानों की अवस्था क्यों न खराब हो? यह बेचारे अपने धन के मालिक नहीं हैं। उसे अपने पास रखकर अच्छे अवसर पर नहीं बेच सकते। इस कष्ट का निवारण कैसे किया जाय? यदि मैं इस समय इनके साथ रिआयत कर दूँ तो लगान कैसे वसूल होगा।

इस विषय पर विचार करते हुए वहाँ से चल दिये। सिपाहियों ने साथ चलना चाहा, पर उन्होंने मना कर दिया। भीड़-भाड़ से उन्हें उलझन होती थी। अकेले ही गाँव में घूमने लगे। छोटा-सा गाँव था, पर सफाई का कहीं नाम न था। चारों ओर से दुर्गंध उठ रही थी। किसी के दरवाजे पर गोबर सड़ रहा था, तो कहीं कीचड़ और कूड़े का ढेर वायु को विषैली बना रहा था। घरों के पास ही घूर पर खाद के लिए गोबर फेंका हुआ था जिससे गांव में गन्दगी फैलने के साथ-साथ खाद का सारा अंश धूप और हवा के साथ गायब हो जाता था। गांव के मकान तथा रास्ते बेसिलसिले, बेढंगे तथा टूटे-फूटे थे। मोरियों से गंदे पानी के निकास का कोई प्रबंध न होने की वजह से दुर्गंध से दम घुटता था। शर्मा जी ने नाक पर रूमाल लगा ली। सांस रोक कर तेजी से चलने लगे। बहुत जी घबराया तो दौड़े और हांफते हुए एक सघन नीम के वृक्ष की छाया में आकर खड़े हो गये। अभी अच्छी तरह सांस भी न लेने

पाये थे कि बाबूलाल ने आकर पालागन किया और पूछा– 'क्या कोई सांड़ था?'

शर्मा जी सांस खींच कर बोले– 'सांड़ से अधिक भयंकर विषैली हवा थी। ओह! यह लोग ऐसी गंदगी में रहते हैं?'

बाबूलाल– 'रहते क्या हैं, किसी तरह जीवन के दिन पूरे करते हैं।'

शर्मा जी– 'पर यह स्थान तो साफ है?'

बाबूलाल– 'जी हाँ, इस तरफ गाँव के किनारे तक साफ जगह मिलेगी।'

शर्मा जी– 'तो उधर इतना मैला क्यों है?'

बाबूलाल– 'गुस्ताखी माफ हो तो कहूँ?'

शर्मा जी हंसकर बोले– 'प्राणदान माँगा होता। सच बताओ क्या बात है? एक तरफ ऐसी स्वच्छता और दूसरी तरफ वह गंदगी?'

बाबूलाल– 'यह मेरा हिस्सा है और वह आपका हिस्सा है। मैं अपने हिस्से की देख-रेख स्वयं करता हूँ, पर आपका हिस्सा नौकरों की कृपा के अधीन है।'

शर्मा जी– 'अच्छा यह बात है। आखिर आप क्या करते हैं?'

बाबूलाल– 'और कुछ नहीं, केवल ताकीद करता रहता हूँ। जहाँ अधिक मैलापन देखता हूँ, स्वयं साफ करता हूँ। मैंने सफाई का एक इनाम नियत कर दिया है, जो प्रति मास सबसे साफ घर के मालिक को मिलता है।'

शर्मा जी के लिए एक कुर्सी रख दी गयी। वे उस पर बैठ गये और बोले– 'क्या आप आज ही आये हैं?'

बाबूलाल– 'जी हाँ, कल तातील है। आप जानते ही हैं कि तातील के दिन मैं भी यहीं रहता हूँ।'

शर्मा जी– 'शहर का क्या रंग-ढंग है?'

बाबूलाल– 'वही हाल, बल्कि और भी खराब। सोशल सर्विस लीग वाले भी गायब हो गये। गरीबों के घरों में मुर्दे पड़े हुए हैं। बाजार बंद हो गये। खाने को अनाज नहीं मिलता है।'

ईदगाह और अन्य कहानियां

शर्मा जी- 'भला बताओ तो, ऐसी आग में मैं वहाँ कैसे रहता? बस लोगों ने मेरी ही जान सस्ती समझ रखी है। जिस दिन मैं यहाँ आ रहा था आपके वकील साहब मिल गये, बेतरह गरम हो पड़े, मुझे देश-भक्ति के उपदेश देने लगे। जिन्हें कभी भूल कर भी देश का ध्यान नहीं आता वे भी मुझे उपदेश देना अपना कर्तव्य समझते हैं। कुछ ही देश-भक्ति का दावा है। जिसे देखो वही तो देश-सेवक बना फिरता है। जो लोग सौ रुपये अपने भोग-विलास में फूंकते हैं उनकी गणना भी जाति-सेवकों में है। मैं तो फिर भी कुछ-न-कुछ करता हूँ। मैं भी मनुष्य हूँ कोई देवता नहीं, धन की अभिलाषा अवश्य है। मैं जो अपना जीवन पत्रों के लिए लेख लिखने में काटता हूँ, देश-हित की चिंता में मग्न रहता हूँ, उसके लिए मेरा इतना सम्मान बहुत समझा जाता है। जब किसी सेठ जी या किसी वकील साहब के दरे-दौलत पर हाजिर हो जाऊं तो वह कृपा करके मेरा कुशल-समाचार पूछ लें। उस पर भी यदि दुर्भाग्यवश किसी चंदे के सम्बन्ध में जाता हूँ, तो लोग मुझे यम का दूत समझते हैं। ऐसी रुखाई का व्यवहार करते हैं जिससे सारा उत्साह भंग हो जाता है। यह सब आपत्तियां तो मैं झेलूं, पर जब किसी सभा का सभापति चुनने का समय आता है तो कोई वकील साहब इसके पात्र समझे जाते हैं, जिन्हें अपने धन के सिवा उक्त पद का कोई अधिकार नहीं। तो भाई जो गुड़ खाय वह कान छिदावे। देश-हितैषियों का पुरस्कार यही जातीय सम्मान है। जब वहाँ तक मेरी पहुँच ही नहीं तो व्यर्थ जान क्यों दूं। यदि यह आठ वर्ष मैंने लक्ष्मी की आराधना में व्यतीत किये होते तो अब तक मेरी गिनती बड़े आदमियों में होती। अभी मैंने कितने परिश्रम से देहाती बैंकों पर लेख लिखा, महीनों उसकी तैयारी में लगे, सैकड़ों पत्र-पत्रिकाओं के पन्ने उलटने पड़े, पर किसी ने उसके पढ़ने का कष्ट भी न उठाया। यदि इतना परिश्रम किसी और काम में किया होता तो कम से कम स्वार्थ तो सिद्ध होता। मुझे ज्ञात हो गया कि इन बातों को

कोई नहीं पूछता। सम्मान और कीर्ति यह सब धन के नौकर हैं।'

बाबूलाल- 'आपका कहना यथार्थ ही है; पर आप जैसे महानुभाव इन बातों को मन में लाएंगे तो यह काम कौन करेगा?'

शर्मा जी- 'वही करेंगे जो 'ऑनरेबल' बने फिरते हैं या जो नगर के पिता कहलाते हैं। मैं तो अब देशाटन करूंगा, संसार की हवा खाऊंगा।'

बाबूलाल समझ गये कि यह महाशय इस समय आपे में नहीं हैं। विषय बदल कर पूछा- 'यह तो बताइए, आपने देहात को कैसे पसंद किया? आप तो पहले-ही-पहल यहां आये हैं।'

शर्मा जी- 'बस, यही कि बैठे-बैठे जी घबराता है। हां, कुछ नये अनुभव अवश्य प्राप्त हुए हैं। कुछ भ्रम दूर हो गये। पहले समझता था कि किसान बड़े दीन-दु:खी होते हैं। अब मालूम हुआ कि यह मुटमरद, अनुदार और दुष्ट हैं। सीधे बात न सुनेंगे, पर कड़ाई से जो काम चाहे करा लो। बस, निरे पशु हैं। और तो और, लगान के लिए भी उनके सिर पर सवार रहने की जरूरत है। टल जाओ तो कौड़ी वसूल न हो। नालिश कीजिए, बेदखली जारी कीजिए, कुर्की कराइए, यह सब आपत्तियां सहेंगे, पर समय पर रुपया देना नहीं जानते। यह सब मेरे लिए नयी बातें हैं। मुझे अब तक इनसे जो सहानुभूति थी वह अब नहीं है। पत्रों में उनकी हीनावस्था के जो मरसिये गाये जाते हैं, वह सर्वथा कल्पित हैं। क्यों, आपका क्या विचार है?'

बाबूलाल ने सोच कर जवाब दिया- 'मुझे तो अब तक कोई शिकायत नहीं हुई। मेरा अनुभव यह है कि यह लोग बड़े शीलवान नम्र और कृतज्ञ होते हैं। परन्तु उनके ये गुण प्रकट में नहीं दिखायी देते। उनमें मिलिए और उन्हें मिलाइए, तब उनके जौहर खुलते हैं। उन पर विश्वास कीजिए तब वह आप पर विश्वास करेंगे। आप कहेंगे इस विषय में अग्रसर होना उनका

काम है और आपका यह कहना उचित भी है, लेकिन शताब्दियों से वह इतने पीसे गये हैं, इतनी ठोकरें खायी हैं कि उनमें स्वाधीन गुणों का लोप-सा हो गया है। जमींदार को वह एक हौआ समझते हैं, जिनका काम उन्हें निगल जाना है। वह उनका मुकाबिला नहीं कर सकते, इसलिए छल और कपट से काम लेते हैं, जो निर्धनों का एकमात्र आधार है। पर आप एक बार उनके विश्वासपात्र बन जाइए, फिर आप कभी उनकी शिकायत न करेंगे।'

बाबूलाल यह बातें कर ही रहे थे कि कई चमारों ने घास के बड़े-बड़े गट्ठर लाकर डाल दिये और चुपचाप चले गये। शर्मा जी को आश्चर्य हुआ। इसी घास के लिए इनसे बंगले पर हाय-हाय होती है और यहां किसी को खबर भी नहीं हुई। बोले- 'आखिर अपना विश्वास जमाने का कोई उपाय भी है।'

बाबूलाल ने उत्तर दिया- 'आप स्वयं बुद्धिमान हैं। आपके सामने मेरा मुंह खोलना धृष्टता है। मैं इसका एक ही उपाय जानता हूँ। उन्हें किसी कष्ट में देखकर उनकी मदद कीजिए। मैंने उन्हीं के लिए वैद्यक सीखा और एक छोटा-मोटा औषधालय अपने साथ रखता हूं। रुपया मांगते हैं तो रुपया, अनाज मांगते हैं जो अनाज देता हूं, पर सूद नहीं लेता। इससे मुझे ग्लानि नहीं होती, दूसरे रूप में सूद अधिक मिल जाता है। गाँव में दो अंधी स्त्रियां और दो अनाथ लड़कियां हैं, उनके निर्वाह का प्रबंध कर दिया है। होता सब उन्हीं की कमाई से है, पर नेकनामी मेरी होती है।'

इतने में कई असामी आये और बोले- 'भैया, पोत ले लो।'

शर्मा जी ने सोचा इसी लगान के लिए मेरे चपरासी खलिहान में चारपाई डाल कर सोते हैं और किसानों को अनाज के ढेर के पास फटकने नहीं देते और वही लगान यहां इस तरह आप से आप चला आता है। बोले- 'यह सब तो तब ही हो सकता है जब जमींदार आप गाँव में रहे।'

बाबूलाल ने उत्तर दिया- 'जी हाँ, और क्यों? जमींदार के गाँव

में न रहने से इन किसानों को बड़ी हानि होती है। कारिंदों और नौकरों से यह आशा करनी भूल है कि वह इनके साथ अच्छा बर्ताव करेंगे, क्योंकि उनको तो अपना उल्लू सीधा करने से काम रहता है। जो किसान उनकी मुट्ठी गरम करते हैं, उन्हें मालिक के सामने सीधा और जो कुछ नहीं देते, उन्हें बदमाश और सरकश बतलाते हैं। किसानों को बात-बात के लिए चूसते हैं, किसान छान छवाना चाहे तो उन्हें दे, दरवाजे पर एक खूँटा तक गाड़ना चाहे तो उन्हें पूजे, एक छप्पर उठाने के लिए दस रुपये जमींदार को नजराना दे, तो दो रुपये मुंशी जी को जरूर ही देने होंगे। कारिंदे को घी-दूध मुफ्त खिलावे, कहीं-कहीं तो गेहूँ-चावल तक मुफ्त हज़म कर जाते हैं। जमींदार तो किसानों को चूसते ही हैं, कारिंदे भी कम नहीं चूसते। जमींदार तीन पाव के भाव में रुपये का सेर भर घी ले तो मुंशी जी को अपने घर अपने साले-बहनोइयों के लिए अठारह छटाँक चाहिए ही। तनिक-तनिक सी बात के लिए डांड़ और जुर्माना देते-देते किसानों के नाक में दम हो जाता है। आप जानते हैं इसी से और कहीं की 30 रु. की नौकरी छोड़ कर भी जमींदारों की कारिंदागिरी लोग 8 रु., 10 रु. में स्वीकार कर लेते हैं, क्योंकि 8 रु., 10 रु. का कारिंदा साल में 800 रु, 1000 रु. ऊपर से कमाता है। खेद तो यह है कि जमींदार लोगों में शिक्षा की उन्नति के साथ-साथ शहर में रहने की प्रथा दिनोंदिन बढ़ती जा रही है। मालूम नहीं आगे चलकर इन बेचारों की क्या गति होगी?'

शर्मा जी को बाबूलाल की बातें विचारपूर्ण मालूम हुईं! पर वह सुशिक्षित मनुष्य थे। किसी बात को चाहे वह कितनी ही यथार्थ क्यों न हो, बिना तर्क के ग्रहण नहीं कर सकते थे। बाबूलाल को वह सामान्य बुद्धि का आदमी समझते आये थे। इस भाव में एकाएक परिवर्तन हो जाना असम्भव था। इतना ही नहीं, इन बातों का उल्टा प्रभाव यह हुआ कि वह बाबूलाल से चिढ़

ईदगाह और अन्य कहानियां

गये। उन्हें ऐसा प्रतीत हुआ कि बाबूलाल अपने सुप्रबन्ध के अभिमान में मुझे तुच्छ समझता है, मुझे ज्ञान सिखाने की चेष्टा करता है। जो सदैव दूसरों को सद्ज्ञान सिखाने और सम्मान दिखाने का प्रयत्न करता हो वह बाबूलाल जैसे आदमी के सामने कैसे सिर झुकाता? अतएव जब यहां से चले तो शर्मा जी की तर्क-शक्ति बाबूलाल की बातों की आलोचना कर रही थी। मैं गांव में क्योंकर रहूँ ! क्या जीवन की सारी अभिलाषाओं पर पानी फेर दूँ? गंवारों के साथ बैठे-बैठे गप्पें लड़ाया करूँ! घड़ी-आध-घड़ी मनोरंजन के लिए उनसे बातचीत करना सम्भव है, पर यह मेरे लिए असह्य है कि वह आठों पहर मेरे सिर पर सवार रहें। मुझे तो उन्माद हो जाए। माना कि उनकी रक्षा करना मेरा कर्तव्य है, पर यह कदापि नहीं हो सकता कि उनके लिए मैं अपना जीवन नष्ट कर दूं। बाबूलाल बन जाने की क्षमता मुझमें नहीं है कि जिससे बेचारे इस गाँव की सीमा के बाहर नहीं जा सकते। मुझे संसार में बहुत काम करना है, बहुत नाम करना है। ग्राम्य जीवन मेरे लिए प्रतिकूल ही नहीं बल्कि प्राणघातक भी है।

यही सोचते हुए वह बंगले पर पहुंचे तो क्या देखते हैं कि कई कांस्टेबल कमरे के बरामदे में लेटे हुए हैं। मुख्तार साहब शर्मा जी को देखते ही आगे बढ़ कर बोले 'हुजूर! बड़े दारोगा जी, छोटे दारोगा जी के साथ आये हैं। मैंने उनके लिए पलंग कमरे में ही बिछवा दिये हैं। ये लोग जब इधर आ जाते हैं तो ठहरा करते हैं। देहात में इनके योग्य स्थान और कहाँ है? अब मैं इनसे कैसे कहता कि कमरा खाली नहीं है। हुजूर का पलंग ऊपर बिछा दिया है।'

शर्मा जी अपने अन्य देश-हितचिंतक भाइयों की भांति पुलिस के घोर विरोधी थे। पुलिसवालों के अत्याचारों के कारण उन्हें बड़ी घृणा की दृष्टि से देखते थे। उनका सिद्धांत था कि यदि पुलिस का आदमी प्यास से भी मर जाय तो उसे पानी न देना चाहिए। अपने कारिंदे से यह समाचार सुनते ही उनके शरीर में आग-सी

लग गयी। कारिंदे की ओर लाल आँखों से देखा और लपककर कमरे की ओर चले कि बेईमानों का बोरिया-बिस्तर उठाकर फेंक दूं। वाह! मेरा घर न हुआ कोई होटल हुआ! आकर डट गये। तेवर बदले हुए बरामदे में जा पहुंचे कि इतने में छोटे दारोगा बाबू कोकिला सिंह ने कमरे से निकलकर पालागन किया और हाथ बढ़ा कर बोले– 'अच्छी साइत से चला था कि आपके दर्शन हो गये। आप मुझे भूल तो नहीं गये होंगे?'

यह महाशय दो साल पहले 'सोशल सर्विस लीग' के उत्साही सदस्य थे। इंटरमीडियेट फेल हो जाने के बाद पुलिस में दाखिल हो गये थे। शर्मा जी ने उन्हें देखते ही पहचान लिया। क्रोध शांत हो गया। मुस्कराने की चेष्टा करके बोले– 'भूलना बड़े आदमियों का काम है। मैंने तो आपको दूर ही से पहचान लिया था। कहिए, इसी थाने में हैं क्या?' कोकिला सिंह बोलें जी हां, आजकल यहीं हूं। आइए, आपको दारोगा जी से इन्ट्रोड्यूज (परिचय) करा दूं।'

भीतर आरामकुरसी पर लेटे दारोगा जुल्फिकार अली खां हुक्का पी रहे थे। बड़े डीलडौल के मनुष्य थे। चेहरे से रौब टपकता था। शर्मा जी को देखते ही उठकर हाथ मिलाया और बोले– 'जनाब से नियाज़ हासिल करने का शौक मुद्दत से था। आज खुशनसीब मौका भी मिल गया। इस मुदाखिलत बेजा को मुआफ फरमाइएगा।'

शर्मा जी को आज मालूम हुआ कि पुलिसवालों को अशिष्ट कहना अन्याय है। हाथ मिलाकर बोले– 'यह आप क्या फरमाते हैं, यह आपका घर है।'

पर इसके साथ ही पुलिस पर आक्षेप करने का ऐसा अच्छा अवसर हाथ से नहीं जाने देना चाहते थे। कोकिला सिंह से बोले 'आपने तो पिछले साल कॉलेज छोड़ा है। लेकिन आपने नौकरी भी की तो पुलिस की!'

बड़े दारोगा जी यह ललकार सुनकर संभल बैठे और बोले

'क्यों जनाब! क्या पुलिस ही सारे महकमों से गया-गुजरा है? ऐसा कौन-सा महकमा है जहां रिश्वत का बाजार गर्म नहीं। अगर आप ऐसे एक भी महकमे का नाम बता दीजिए तो मैं ताउम्र आपकी गुलामी करूं। मुलाजमत करके रिश्वत लेना मुहाल है। तामील के महकमे को बेलौस कहा जाता है, मगर मुझको इसका खूब तजरबा हो चुका है। अब मैं किसी रास्तबाजी के दावे को तसलीम नहीं कर सकता और दूसरे सेगों की निस्बत तो मैं नहीं कह सकता, मगर पुलिस में जो रिश्वत नहीं लेता उसे मैं अहमक समझता हूँ। मैंने दो-एक दयानतदार सब-इन्स्पेक्टर देखे हैं, पर उन्हें हमेशा तबाह देखा। कभी मातूइ, कभी मुअत्तल, कभी बरखास्त! चौकीदार और कांस्टेबल बेचारे थोड़ी औकात के आदमी हैं, इनका गुजारा क्योंकर हो? वही हमारे हाथ-पांव हैं, उन्हीं पर हमारी नेकनामी का दारमदार है। जब वह खुद भूखों मरेंगे तब हमारी मदद करेंगे! जो लोग हाथ बढ़ाकर लेते हैं, खुद खाते हैं, दूसरों को खिलाते हैं, अफसरों को खुश रखते हैं, उनका शुमार कारगुजार, नेकनाम आदमियों में होता है। मैंने तो यही अपना वसूल बना रखा है और खुदा का शुक्र है कि अफसर और मातहत सभी खुश हैं।'

शर्मा जी ने कहा- 'इसी वजह से तो मैंने ठाकुर साहब से कहा था कि आप क्यों इस सेगे में आये?'

जुल्फिकार अली खां गरम हो कर बोले- 'आये तो महकमे पर कोई एहसान नहीं किया। किसी दूसरे सेगे में होते तो अभी तक ठोकरें खाते होते, नहीं तो घोड़े पर सवार नौशा बने घूमते हैं। मैं तो बात सच्ची कहता हूँ, चाहे किसी को अच्छी लगे या बुरी। इनसे पूछिए, हराम की कमाई अकेले आज तक किसी को हज़म हुई है? यह नये लोग जो आते हैं उनकी यह आदत होती है कि जो कुछ मिले अकेले ही हज़म कर लें। चुपके-चुपके लेते हैं और थाने के अहलकार मुंह ताकते रह जाते हैं! दुनिया की निगाह में

ईमानदार बनना चाहते हैं, पर खुदा से नहीं डरते। अबे, जब हम खुदा ही से नहीं डरते तो आदमियों का क्या खौफ? ईमानदार बनना हो तो दिल से बनो। सचाई का स्वांग क्यों भरते हो? यह हज़रत छोटी-छोटी रकमों पर गिरते हैं। मारे गरूर के किसी आदमी से राय तो लेते नहीं। जहां आसानी से सौ रुपये मिल सकते हैं वहां पांच रुपये में बुलबुल हो जाते हैं! कहीं दूधवाले के दाम मार लिये, कहीं हज्जाम के पैसे दबा लिये, कहीं बनिये से निर्ख के लिए झगड़ बैठे। यह अफसरी नहीं लुच्चापन है, गुनाह बेलज्जत, फायदा तो कुछ नहीं; बदनामी मुफ्त। मैं बड़े-बड़े शिकारों पर निगाह रखता हूं। यह पिद्दी और बटेर मातहतों के लिए छोड़ देता हूं। हलफ से कहता हूं, गरज बुरी शय है। रिश्वत देनेवालों से ज्यादा अहमक अंधे आदमी दुनिया में न होंगे। ऐसे कितने ही उल्लू आते हैं जो महज यह चाहते हैं कि मैं उसके किसी पट्टीदार या दुश्मन को दो-चार खोटी-खरी सुना दूं, कई ऐसे बेईमान जमींदार आते हैं जो यह चाहते हैं कि वह असामियों पर जुल्म करते रहें और पुलिस दखल न दे! इतने ही के लिए वह सैकड़ों रुपये मेरी नजर करते हैं और खुशामद घालू में। ऐसे अक्ल के दुश्मनों पर रहम करना हिमाकत है। जिले में मेरे इस इलाके को सोने की खान कहते हैं। इस पर सबके दांत रहते हैं। रोज एक न एक शिकार मिलता रहता है। जमींदार निरे जाहिल, लंठ, जरा-जरा सी बात पर फौजदारियां कर बैठते हैं। मैं तो खुदा से दुआ करता रहता हूं कि यह हमेशा इसी जहालत के गड्ढे में पड़े रहें। सुनता हूँ, कोई साहब आम तालीम का सवाल पेश कर रहे हैं, उस भलेमानुस को न जाने क्या धुन है। शुक्र है कि हमारी आली फहम ने सरकार को नामंजूर कर दिया। बस, इस सारे इलाके में एक यही आप का पट्टीदार अलबत्ता समझदार आदमी है। उसके यहां मेरी या और किसी की दाल नहीं गलती और लुत्फ यह कि कोई उससे नाखुश नहीं! बस मीठी-मीठी बातों से

मन भर देता है। अपने असामियों के लिए जान देने को हाजिर और हलफ से कहता हूं कि अगर मैं जमींदार होता तो इसी शख्स का तरीका अख्तियार करता। जमींदार का फर्ज है कि अपने असामियों को जुल्म से बचाये। उन पर शिकारियों का वार न होने दे। बेचारे गरीब किसानों की जान के तो सभी ग्राहक होते हैं और हलफ से कहता हूं, उनकी कमाई उनके काम नहीं आती! उनकी मेहनत का मजा हम लूटते हैं। यों तो जरूरत से मजबूर होकर इंसान क्या नहीं कर सकता, पर हक यह है कि इन बेचारों की हालत वाकई रहम के काबिल है और जो शख्स उनके लिए सीनासिपर हो सके उसके कदम चूमने चाहिए। मगर मेरे लिए तो वही आदमी सबसे अच्छा है जो शिकार में मेरी मदद करे।'

शर्मा जी ने इस बकवाद को बड़े ध्यान से सुना। वह रसिक मनुष्य थे। इसकी मार्मिकता पर मुग्ध हो गये। सहृदयता और कठोरता के ऐसे विचित्र मिश्रण से उन्हें मनुष्यों के मनोभावों का एक कौतूहलजनक परिचय प्राप्त हुआ। ऐसी वक्तृता का उत्तर देने की कोशिश करना व्यर्थ था। बोले- 'क्या कोई तहकीकात है, या महज गश्त?'

दारोगा जी बोले- 'जी नहीं, महज गश्त। आजकल किसानों के फसल के दिन हैं। यही जमाना हमारी फसल का भी है। शेर को भी तो मांद में बैठे-बैठे शिकार नहीं मिलता। जंगल में घूमता है। हम भी शिकार की तलाश में हैं। किसी पर खुफियाफ़रोशी का इलज़ाम लगाया, किसी को चोरी का माल खरीदने के लिए पकड़ा, किसी को हमलहराम का झगड़ा उठा कर फांसा। अगर हमारे नसीब से डाका पड़ गया तो हमारी पांचों अंगुलियां घी में समझिए। डाकू तो नोच-खसोट कर भागते हैं। असली डाका हमारा पड़ता है। आस-पास के गांव में झाड़ई फेर देते हैं। खुदा से शबोज दुआ किया करते हैं कि परवरदिगार! कहीं से रिजक भेज। झूठे-सच्चे डाके की खबर आवे। अगर देखा कि तकदीर पर

शाकिर रहने से काम नहीं चलता तो तदवीर से काम लेते हैं। जरा से इशारे की जरूरत है, डाका पड़ते क्या देर लगती है! आप मेरी साफगोई पर हैरान होते होंगे। अगर मैं अपने सारे हथकंडे बयान करूं तो आप यकीन न करेंगे और लुत्फ यह कि मेरा शुमार जिले के निहायत होशियार, कारगुजार, दयानतदार सब-इंस्पेक्टरों में है। फर्जी डाके डलवाता हूं! फर्जी मुल्जिम पकड़ता हूं, मगर सजाएं असली दिलवाता हूं। शहादतें ऐसी गढ़ता हूं कि कैसा ही बैरिस्टर का चर्चा क्यों न हो, उन्हें गिरफ्तार नहीं कर सकता।'

इतने में शहर से शर्मा जी की डाक आ गयी। वे उठ खड़े हुए और बोले- 'दारोगा जी, आपकी बातें बड़ी मजेदार होती हैं। अब इजाजत दीजिए। डाक आ गयी है। जरा उसे देखना है।'

* * *

चांदनी रात थी। शर्मा जी खुली छत पर लेटे हुए एक समाचार-पत्र पढ़ने में मग्न थे। अकस्मात् कुछ शोरगुल सुनकर नीचे की तरफ झांका तो क्या देखते हैं कि गांव के चारों तरफ से कान्स्टेबलों के साथ किसान चले आ रहे हैं। बहुत से आदमी खलिहान की तरफ से बड़बड़ाते आते थे। बीच-बीच में सिपाहियों की डांट-फटकार की आवाजें भी कानों में आती थीं। यह सब आदमी बंगले के सामने सहन में बैठते जाते थे। कहीं-कहीं स्त्रियों का अंर्तनाद भी सुनायी देता था। शर्मा जी हैरान थे कि मामला क्या है? इतने में दारोगा जी की भयंकर गरज सुनायी पड़ी- हम एक न मानेंगे, सब लोगों को थाने चलना होगा।

फिर सन्नाटा हो गया। मालूम होता था कि आदमियों में कानाफूसी हो रही है। बीच-बीच में मुख्तार साहब और सिपाहियों के हृदय-विदारक शब्द आकाश में गूँज उठते। फिर ऐसा जान पड़ा कि किसी पर मार पड़ रही है। शर्मा जी से अब न रहा गया। वह सीढ़ियों के द्वार पर आये। कमरे में झांक कर देखा। मेज पर रुपये गिने जा रहे थे। दारोगा जी ने फर्माया, 'इतने बड़े गांव में

80 ईदगाह और अन्य कहानियां

सिर्फ यही?'

मुख्तार साहब ने उत्तर दिया- 'अभी घबड़ाइए नहीं। अबकी मुखियों की खबर ली जाय। रुपयों का ढेर लग जाता है।'

यह कहकर मुख्तार ने कई किसानों को पुकारा, पर कोई न बोला। तब दारोगा जी का गगनभेदी नाद सुनायी दिया- 'यह लोग सीधे न मानेंगे, मुखियों को पकड़ लो। हथकड़ियां भर दो। एक-एक को डामुल भिजवाऊंगा।'

यह नादिरशाही हुक्म पाते ही कान्स्टेबलों का दल उन आदमियों पर टूट पड़ा। ढोल-सी पिटने लगी। क्रंदन-ध्वनि से आकाश गूंज उठा। शर्मा जी का रक्त खौल रहा था। उन्होंने सदैव न्याय और सत्य की सेवा की थी। अन्याय और निर्दयता का यह करुणात्मक अभियान उनके लिए असह्य था।

अचानक किसी ने रो कर कहा- 'दोहाई सरकार की, मुख्तार साहब हम लोगन को हक नाहक मरवाये डारत हैं।'

शर्मा जी क्रोध से काँपते हुए धम-धम कोठे से उतर पड़े, यह दृढ़ संकल्प कर लिया कि मुख्तार साहब को मारे हंटरों के गिरा दूँ, पर जनसेवा में मनोवेगों को दबाने की बड़ी प्रबल शक्ति होती है। रास्ते ही में संभल गये। मुख्तार को बुला कर कहा- 'मुंशी जी, आपने यह क्या गुल-गपाड़ा मचा रखा है?'

मुख्तार ने उत्तर दिया- 'हुजूर, दारोगा जी ने इन्हें एक डाके की तहकीकात में तलब किया है।'

शर्मा जी बोले- 'जी हां, इस तहकीकात का अर्थ मैं खूब समझता हूँ। घंटे भर से इसका तमाशा देख रहा हूं। तहकीकात हो चुकी या कसर बाकी है?'

मुख्तार ने कहा- 'हुजूर, दारोगा जी जानें, मुझे क्या मतलब?

दारोगा जी बड़े चतुर पुरुष थे। मुख्तार साहब की बातों से उन्होंने समझा था कि शर्मा जी का स्वभाव भी अन्य जमींदारों के सदृश है। इसलिए वह बेखटके थे, पर इस समय उन्हें अपनी भूल

ज्ञात हुई। शर्मा जी के तेवर देखे, नेत्रों से क्रोधाग्नि की ज्वाला निकल रही थी, शर्मा जी की शक्तिशालीनता से भली-भांति परिचित थे। समीप आ कर बोले- 'आपके इस मुख्तार ने मुझे बड़ा धोखा दिया, वरना मैं हल्फ से कहता हूं कि यहां यह आग न लगती। आप मेरे मित्र बाबू कोकिला सिंह के मित्र हैं और इस नाते से मैं आपको अपना मुरब्बी समझता हूं, पर इस नामरदूद बदमाश ने मुझे बड़ा चकमा दिया! मैं भी ऐसा अहमक था कि इसके चक्कर में आ गया। मैं बहुत नादिम हूं कि हिमाकत के बाइस जनाब को इतनी तकलीफ हुई! मैं आपसे मुआफी का सायल हूं। मेरी एक दोस्ताना इल्तमाश यह है कि जितनी जल्दी मुमकिन हो इस शख्स को बरतरफ कर दीजिए। यह आपकी रियासत को तबाह किये डालता है। अब मुझे भी इजाजत हो कि अपने मनहूस कदम यहां से ले जाऊं। मैं हलफ से कहता हूं कि मुझे आपको मुंह दिखाते शर्म आती है।'

यहां तो यह घटना हो रही थी, उधर बाबूलाल अपने चौपाल में बैठे हुए, इसके सम्बन्ध में अपने कई असामियों से बातचीत कर रहे थे। शिवदीन ने कहा- 'भैया, आप जाके दारोगा जी को काहे नाहीं समझावत हो। राम-राम! ऐसन अंधेर!'

बाबूलाल- 'भाई, मैं दूसरे के बीच में बोलनेवाला कौन? शर्मा जी तो वहीं हैं। वह आप ही बुद्धिमान हैं। जो उचित होगा, करेंगे। यह आज कोई नयी बात थोड़े ही है। देखते तो हो कि आये दिन एक न एक उपद्रव मचा ही रहता है। मुख्तार साहब का इसमें भला होता है। शर्मा जी से मैं इस विषय में इसलिए कुछ नहीं कहता कि शायद वे यह समझें कि मैं ईर्ष्यावश शिकायत कर रहा हूं।'

रामदास ने कहा- 'शर्मा जी कोठा पर हैं और नीचू बेचारन पर मार परत है। देखा नाहीं जात है। जिनसे मुराद पाय जात हैं उनका छोड़े देत हैं। मोका तो जान परत है कि ई तहकीकात-सहकीकात सब रुपैयन के खातिर कीन जात है।'

बाबूलाल- 'और काहे के लिए की जाती है। दारोगा जी ऐसे ही शिकार ढूंढ़ा करते हैं, लेकिन देख लेना शर्मा जी अबकी मुख्तार साहब की जरूर खबर लेंगे। वह ऐसे-वैसे आदमी नहीं हैं कि यह अंधेर अपनी आंखों से देखें और मौन धारण कर लें? हां, यह तो बताओ अबकी कितनी ऊख बोयी है?'

रामदास- 'ऊख बोये ढेर रहे, मुदा दुष्टन के मारे बचौ पावै। तू मानत नाहीं भैया, पर आंखन देखी बात है कि कराह के कराह रस जर गवा और छटांको भर माल न परा। न जानी अस कौन मन्तर मार देत हैं।'

बाबूलाल- 'अच्छा, अबकी मेरे कहने से यह हानि उठा लो। देखूं ऐसा कौन बड़ा सिद्ध है जो कराही का रस उड़ा देता है? जरूर इसमें कोई न कोई बात है, इस गांव में जितने कोल्हू जमीन में गड़े पड़े हैं उनसे विदित होता है कि पहले यहां ऊख बहुत होती थी, किन्तु अब बेचारी का मुंह भी मीठा नहीं होने पाता।'

शिवदीन- 'अरे भैया! हमारे होस में ई सब कोल्हू चलत रहे हैं। माघ- पूस में रात भर गांव में मेला लगा रहत रहा, पर जब से ई नासिनी विद्या फैली है तब से कोऊ का ऊख के नेरे जाये का हियाव नहीं परत है।'

बाबूलाल- 'ईश्वर चाहेंगे तो फिर वैसी ही ऊख लगेगी। अबकी मैं इस मंत्र को उलट दूंगा। भैया यह तो बताओ अगर ऊख लग जाय और माल पड़े तो तुम्हारी पट्टी में एक हजार का गुड़ हो जायगा?'

हरखू ने हंस कर कहा- 'भैया, कैसी बात कहते हो! हजार तो पाँच बीघा में मिल सकत हैं। हमारे पट्टी में 25 बीघा से कम ऊख नहीं था। कुछो न परे तो अढ़ाई हजार कहूं नहीं गये हैं।'

बाबूलाल- 'तब तो आशा है कि कोई पचास रुपये बयाई में मिल जाएंगे। यह रुपये गांव की सफाई में खर्च होंगे।'

इतने में एक युवा मनुष्य दौड़ता हुआ आया और बोला- 'भैया!

ऊ तहकीकात देखे गइल रहलीं। दारोगा जी सबका डांटत मारत रहें। देवी मुखिया बोला 'मुख्तार साहब, हमका चाहे काट डारो' मुदा हम एक कौड़ी न देबै। थाना, कचहरी जहां कहो चलै के तैयार हई। ई सुन के मुख्तार लाल हुई गयेन। चार सिपाहिन से कहेन कि एहिका पकरिके खूब मारो, तब देवी चिल्लाय-चिल्लाय रोवे लागल, एतने में सरमा जी कोठी पर से खट-खट उतरेन और मुख्तार का लगे डांटे। मुख्तार ठाढ़े झूर होय गयेन। दारोगा जी धीरे से घोड़ा मंगवाय के भागेन। मनई सरमा जी का असीसत चला जात हैं।'

बाबूलाल- 'यह तो मैं पहले ही कहता था कि शर्मा जी से यह अन्याय न देखा जायेगा।'

इतने में दूर से एक लालटेन का प्रकाश दिखायी दिया। एक आदमी के साथ शर्मा जी आते हुए दिखायी दिये। बाबूलाल ने असामियों को वहां से हटा दिया, कुरसी रखवा दी और बढ़कर बोले- 'आपने इस समय क्यों कष्ट किया, मुझको बुला लिया होता।'

शर्मा जी ने नम्रता से उत्तर दिया- 'आपको किस मुंह से बुलाता, मेरे सारे आदमी वहां पीटे जा रहे थे, उनका गला दबाया जा रहा था और आप पास न फटके। मुझे आपसे मदद की आशा थी। आज हमारे मुख्तार ने गांव में लूट मचा दी थी। मुख्तार की और क्या कहूं। बेचारा थोड़े औकात का आदमी है। खेद तो यह है कि आपके दारोगा जी भी उसके सहायक थे। कुशल यह थी कि मैं वहां मौजूद था।'

बाबूलाल- 'बहुत लज्जित हूं कि इस अवसर पर आपकी कुछ सेवा न कर सका! पर बात यह है कि मेरे वहां जाने से मुख्तार साहब और दारोगा दोनों ही अप्रसन्न होते। मुख्तार मुझसे कई बार कह चुके हैं कि आप मेरे बीच में न बोला कीजिए। मैं आपसे कभी गांव की दशा इस भय से न कहता था कि शायद आप समझें कि मैं ईर्ष्या के कारण ऐसा कहता हूं। यहां यह कोई नयी बात नहीं है। आये दिन ऐसी ही घटनाएं होती रहती हैं, और कुछ इसी गांव में नहीं, जिस गांव को देखिए, यही दशा है। इन

सब आपत्तियों का एकमात्र कारण यह है कि देहातों में कर्मपरायण, विद्वान और नीतिज्ञ मनुष्यों का अभाव है। शहर के सुशिक्षित जमींदार जिनसे उपकार की बहुत कुछ आशा की जाती है, सारा काम कारिंदों पर छोड़ देते हैं। रहे देहात के जमींदार सो निरक्षर भट्टाचार्य हैं। अगर कुछ थोड़े-बहुत पढ़े भी हैं तो अच्छी संगति न मिलने के कारण उनमें बुद्धि का विकास नहीं है। कानून के थोड़े से दफे सुन-सुना लिये हैं, बस उसी की रट लगाया करते हैं। मैं आप से सत्य कहता हूं, मुझे जरा भी खबर होती तो मैं आपको सचेत कर दिया होता।'

शर्मा जी- 'खैर, यह बला तो टली, पर मैं देखता हूं कि इस ढंग से काम न चलेगा। अपने असामियों को आज इस विपत्ति में देख कर मुझे बड़ा दुःख हुआ। मेरा मन बार-बार मुझको इन सारी दुर्घटनाओं का उत्तरदाता ठहराता है। जिनकी कमाई खाता हूं, जिनकी बदौलत टमटम पर सवार हो कर रईस बना घूमता हूं, उनके कुछ स्वत्व भी तो मुझ पर हैं। मुझे अब अपनी स्वार्थांधता स्पष्ट दिख पड़ती है। मैं आप अपनी ही दृष्टि में गिर गया हूँ। मैं सारी जाति के उद्धार का बीड़ा उठाये हुए हूं, सारे भारतवर्ष के लिए प्राण देता फिरता हूं, पर अपने घर की खबर ही नहीं। जिनकी रोटियां खाता हूं, उनकी तरफ से इस तरह उदासीन हूं! अब इस दुरवस्था को समूल नष्ट करना चाहता हूं। इस काम में मुझे आपकी सहायता और सहानुभूति की जरूरत है। मुझे अपना शिष्य बनाइए। मैं याचकभाव से आपके पास आया हूं। इस भार को संभालने की शक्ति मुझमें नहीं। मेरी शिक्षा ने मुझे किताबों का कीड़ा बनाकर छोड़ दिया और मन के मोदक खाना सिखाया। मैं मनुष्य नहीं, किन्तु नियमों का पोथा हूं। आप मुझे मनुष्य बनाइए, मैं अब यहीं रहूंगा, पर आपको भी यहीं रहना पड़ेगा। आपकी जो हानि होगी उसका भार मुझ पर है। मुझे सार्थक जीवन का पाठ पढ़ाइए। आपसे अच्छा गुरु मुझे न मिलेगा। सम्भव है कि आपका अनुगामी बन कर मैं अपना कर्तव्य पालन करने योग्य हो जाऊँ।

पूर्व संस्कार

सज्जनों के हिस्से में भौतिक उन्नति कभी भूल कर ही आती है। रामटहल विलासी, दुर्व्यसनी, चरित्रहीन आदमी थे, पर सांसारिक व्यवहारों में चतुर, सूद-ब्याज के मामले में दक्ष और मुकदमे-अदालत में कुशल थे। उनका धन बढ़ता था। सभी उनके असामी थे। उधर उन्हीं के छोटे भाई शिवटहल साधु-भक्त, धर्म-परायण और परोपकारी जीव थे। उनका धन घटता जाता था। उनके द्वार पर दो-चार अतिथि बने रहते थे। बड़े भाई का सारे मुहल्ले पर दबाव था। जितने नीच श्रेणी के आदमी थे, उनका हुक्म पाते ही फौरन उनका काम करते थे। उनके घर की मरम्मत बेगार में हो जाती। ऋणी कुँजड़े साग-भाजी भेंट में दे जाते। ऋणी ग्वाला उन्हें बाजार-भाव से ड्योढ़ा दूध देता। छोटे भाई का किसी पर रौब न था। साधु-संत आते और इच्छापूर्ण भोजन करके अपनी राह लेते। दो-चार आदमियों को रुपये उधार दिये भी तो सूद के लालच से नहीं, बल्कि संकट से छुड़ाने के लिए। कभी जोर देकर तगादा न करते कि कहीं उन्हें दुःख न हो।

इस तरह कई साल गुजर गये। यहाँ तक कि शिवटहल की सारी सम्पत्ति परमार्थ में उड़ गयी। रुपये भी बहुत डूब गये। उधर रामटहल ने नया मकान बनवा लिया। सोने-चाँदी की दुकान खोल ली। थोड़ी जमीन भी खरीद ली और खेती-बारी भी करने लगे।

शिवटहल को अब चिंता हुई। निर्वाह कैसे होगा? धन न था कि कोई रोजगार करते। वह व्यवहार-बुद्धि भी न थी, जो बिना धन के भी अपनी राह निकाल लेती है। किसी से ऋण लेने की हिम्मत न पड़ती थी। रोजगार में घाटा हुआ तो देंगे कहाँ से ? किसी दूसरे आदमी की नौकरी भी न कर सकते थे। कुल-मर्यादा भंग होती थी। दो-चार महीने तो ज्यों-त्यों करके काटे, अंत में चारों ओर से निराश होकर बड़े भाई के पास गये और कहा- भैया, अब मेरे और मेरे परिवार के पालन का भार आपके ऊपर है। आपके सिवा अब किसकी शरण लूँ?

रामटहल ने कहा- 'इसकी कोई चिन्ता नहीं। तुमने कुकर्म में तो धन उड़ाया नहीं। जो कुछ किया, उससे कुल-कीर्ति ही फैली है। मैं धूर्त हूँ; संसार को ठगना जानता हूँ। तुम सीधे-सादे आदमी हो। दूसरों ने तुम्हें ठग लिया। यह तुम्हारा ही घर है। मैंने जो जमीन ली है, उसकी तहसील वसूल करो, खेती-बारी का काम सँभालो। महीने में तुम्हें जितना खर्च पड़े, मुझसे ले जाओ। हाँ, एक बात मुझसे न होगी। मैं साधु-संतों का सत्कार करने को एक पैसा भी न दूँगा और न तुम्हारे मुँह से अपनी निंदा सुनूँगा।'

शिवटहल ने गद्गद कंठ से कहा- 'भैया, मुझसे इतनी भूल अवश्य हुई कि मैं सबसे आपकी निंदा करता रहा हूँ, उसे क्षमा करो। अब से मुझे अपनी निंदा करते सुनना तो जो चाहे दंड देना। हाँ, आपसे मेरी एक विनय है। मैंने अब तक अच्छा किया या बुरा, पर भाभी जी को मना कर देना कि उसके लिए मेरा तिरस्कार न करें।'

रामटहल- 'अगर वह कभी तुम्हें ताना देंगी, तो मैं उनकी जीभ खींच लूँगा।'

रामटहल की जमीन शहर से दस-बारह कोस पर थी। वहाँ

एक कच्चा मकान भी था। बैल, गाड़ी, खेती की अन्य सामग्रियाँ वहीं रहती थीं। शिवटहल ने अपना घर भाई को सौंपा और अपने बाल-बच्चों को लेकर गाँव चले गये। वहाँ उत्साह के साथ काम करने लगे। नौकरों ने काम में चौकसी की। परिश्रम का फल मिला। पहले ही साल उपज ड्योढ़ी हो गयी और खेती का खर्च आधा रह गया।

पर स्वभाव को कैसे बदलें? पहले की तरह तो नहीं, पर अब भी दो-चार मूर्तियाँ शिवटहल की कीर्ति सुनकर आ ही जाती थीं। और शिवटहल को विवश होकर उनकी सेवा और सत्कार करना ही पड़ता था। हाँ, अपने भाई से यह बात छिपाते थे कि कहीं वह अप्रसन्न होकर जीविका का यह आधार भी न छीन लें। फल यह होता कि उन्हें भाई से छिपाकर अनाज, भूसा, खली आदि बेचना पड़ता। इस कमी को पूरी करने के लिए वह मजदूरों से और भी कड़ी मेहनत लेते थे और खुद भी कड़ी मेहनत करते। धूप-ठंड, पानी-बूँदी की बिलकुल परवाह न करते थे। मगर कभी इतना परिश्रम तो किया न था। शरीर शक्तिहीन होने लगा। भोजन भी रूखा-सूखा मिलता था। उस पर कोई ठीक समय नहीं। कभी दोपहर को खाया, कभी तीसरे पहर। कभी प्यास लगी, तो तालाब का पानी पी लिया। दुर्बलता रोग का पूर्व रूप है। बीमार पड़ गये। देहात में दवा-दारू का सुभीता न था। भोजन में भी कुपथ्य करना पड़ता था। रोग ने जड़ पकड़ ली। ज्वर ने प्लीहा का रूप धारण किया और प्लीहा ने छह महीने में काम तमाम कर दिया।

रामटहल ने यह शोक-समाचार सुना, तो उन्हें बड़ा दुःख हुआ। इन तीन वर्षों में उन्हें एक पैसे का नाज नहीं लेना पड़ा। गुड़, घी, भूसा-चारा, उपले-ईंधन सब गाँव से चला आता था। बहुत रोये, पछतावा हुआ कि मैंने भाई की दवा-दरपन की कोई

फिक्र नहीं की, अपने स्वार्थ की चिंता में उसे भूल गया। लेकिन मैं क्या जानता था कि मलेरिया का ज्वर प्राणघातक ही होगा! नहीं तो यथाशक्ति अवश्य इलाज करता। भगवान् की यही इच्छा थी, फिर मेरा क्या वश !

अब कोई खेती को सँभालने वाला न था। इधर रामटहल को खेती का मजा मिल गया था! उस पर विलासिता ने उनका स्वास्थ्य भी नष्ट कर डाला था। अब वह देहात के स्वच्छ जलवायु में रहना चाहते थे। निश्चय किया कि खुद ही गाँव में जाकर खेती-बारी करूँ। लड़का जवान हो गया था। शहर का लेन-देन उसे सौंपा और देहात चले आये।

यहाँ उनका समय और चित्त विशेषकर गौओं की देखभाल में लगता था। उनके पास एक जमुनापारी बड़ी रास की गाय थी। उसे कई साल हुए बड़े शौक से खरीदा था। दूध खूब देती थी, और सीधी वह इतनी कि बच्चा भी सींग पकड़ ले, तो न बोलती। वह इन दिनों गाभिन थी। उसे बहुत प्यार करते थे। शाम-सबेरे उसकी पीठ सहलाते, अपने हाथों से नाज खिलाते। कई आदमी उसके ड्योढ़े दाम देते थे, पर रामटहल ने न बेची। जब समय पर गऊ ने बच्चा दिया, तो रामटहल ने धूमधाम से उसका जन्मोत्सव मनाया, कितने ही ब्राह्मणों को भोजन कराया। कई दिन तक गाना-बजाना होता रहा। इस बछड़े का नाम रखा गया 'जवाहिर'। एक ज्योतिषी से उसका जन्म-पत्र भी बनवाया गया। उसके अनुसार बछड़ा बड़ा होनहार, बड़ा भाग्यशाली, स्वामिभक्त निकला। केवल छठे वर्ष उस पर एक संकट की शंका थी। उससे बच गया तो फिर जीवन-पर्यन्त सुख से रहेगा।

बछड़ा श्वेत-वर्ण था। उसके माथे पर एक लाल तिलक था। आँखें कजरी थीं। स्वरूप का अत्यन्त मनोहर और हाथ-पाँव का

सुडौल था। दिन भर कलोलें किया करता। रामटहल का चित्त उसे छलाँगें भरते देखकर प्रफुल्लित हो जाता था। वह उनसे इतना हिल-मिल गया कि उनके पीछे-पीछे कुत्ते की भाँति दौड़ा करता था। जब वह शाम और सुबह को अपनी खाट पर बैठकर असामियों से बातचीत करने लगते, तो जवाहिर उनके पास खड़ा हो कर उनके हाथ या पाँव को चाटता था। वह प्यार से उसकी पीठ पर हाथ फेरने लगते, तो उसकी पूँछ खड़ी हो जाती और आँखें हृदय के उल्लास से चमकने लगतीं। रामटहल को भी उससे इतना स्नेह था कि जब तक वह उनके सामने चौके में न बैठा हो, भोजन में स्वाद न मिलता। वह उसे बहुधा गोद में चिपटा लिया करते। उसके लिए चाँदी का हार, रेशमी फूल, चाँदी की झाँझें बनवायीं। एक आदमी उसे नित्य नहलाता और झाड़ता-पोंछता रहता था। जब कभी वह किसी काम से दूसरे गाँव में चले जाते तो उन्हें घोड़े पर आते देखकर जवाहिर कुलेलें मारता हुआ उसके पास पहुँच जाता और उनके पैरों को चाटने लगता। पशु और मनुष्य में यह पिता-पुत्र-सा प्रेम देखकर लोग चकित हो जाते।

जवाहिर की अवस्था ढाई वर्ष की हुई। रामटहल ने उसे अपनी सवारी की बहली के लिए निकालने का निश्चय किया। वह अब बछड़े से बैल हो गया था। उसका ऊँचा डील, गठे हुए अंग, सुदृढ़ मांसपेशियाँ, गर्दन के ऊपर ऊँचा डील, चौड़ी छाती और मस्तानी चाल थी। ऐसा दर्शनीय बैल सारे इलाके में न था। बड़ी मुश्किल से उसका बाँधा मिला। पर देखने वाले साफ कहते थे कि जोड़ नहीं मिला। रुपये आपने बहुत खर्च किये हैं, पर कहाँ जवाहिर और कहाँ यह! कहाँ लैंप और कहाँ दीपक!

पर कौतूहल की बात यह थी कि जवाहिर को कोई गाड़ीवान हाँकता तो वह आगे पैर न उठाता। गर्दन हिला-हिला कर रह

जाता। मगर जब रामटहल आप पगहा हाथ में ले लेते और एक बार चूमकार कर कहते चलो बेटा, तो जवाहिर उन्मत्त होकर गाड़ी को ले उड़ता। दो-दो कोस तक बिना रुके, एक ही साँस में दौड़ता चला जाता। घोड़े भी उसका मुकाबला न कर सकते।

एक दिन संध्या समय जब जवाहिर नाँद में खली और भूसा खा रहा था और रामटहल उसके पास खड़े उसकी मक्खियाँ उड़ा रहे थे, एक साधु महात्मा आकर द्वार पर खड़े हो गये। रामटहल ने अविनयपूर्ण भाव से कहा- 'यहाँ क्यों खड़े हो महाराज, आगे जाओ।'

साधु- 'कुछ नहीं बाबा, इसी बैल को देख रहा हूँ। मैंने ऐसा सुन्दर बैल नहीं देखा।'

रामटहल- (ध्यान देकर) 'घर ही का बछड़ा है।'

साधु- 'साक्षात् देवरूप है।'

यह कहकर महात्मा जी जवाहिर के निकट गये और उसके खुर चूमने लगे।

रामटहल- 'आपका शुभागमन कहाँ से हुआ? आज यहीं विश्राम कीजिए तो बड़ी दया हो।'

साधु- 'नहीं बाबा, क्षमा करो। मुझे आवश्यक कार्य से रेलगाड़ी पर सवार होना है। रातो-रात चला जाऊँगा! ठहरने से विलम्ब होगा।'

रामटहल- 'तो फिर और कभी दर्शन होंगे?'

साधु- 'हाँ, तीर्थ-यात्रा से तीन वर्ष में लौटकर इधर से फिर जाना होगा। तब आपकी इच्छा होगी तो ठहर जाऊँगा! आप बड़े भाग्यशाली पुरुष हैं कि आपको ऐसे देवरूप नंदी की सेवा का अवसर मिल रहा है। इन्हें पशु न समझिए, यह कोई महान् आत्मा हैं। इन्हें कष्ट न दीजिएगा। इन्हें कभी फूल से भी न मारिएगा।'

यह कहकर साधु ने फिर जवाहिर के चरणों पर सीस नवाया और चले गये।

उस दिन से जवाहिर की और भी खातिर होने लगी। वह पशु से देवता हो गया। रामटहल उसे पहले रसोई के सब पदार्थ खिलाकर तब आप भोजन करते। प्रातःकाल उठकर उसके दर्शन करते। यहाँ तक कि वह उसे अपनी बहली में भी न जोतना चाहते। लेकिन जब उनको कहीं जाना होता और बहली बाहर निकाली जाती, तो जवाहिर उसमें जुतने के लिए इतना अधीर और उत्कंठित हो जाता, सिर हिला-हिला कर इस तरह अपनी उत्सुकता प्रकट करता कि रामटहल को विवश होकर उसे जोतना पड़ता। दो-एक बार वह दूसरी जोड़ी जोतकर चले तो जवाहिर को इतना दुःख हुआ कि उसने दिनभर नाँद में मुँह नहीं डाला। इसलिए वह अब बिना किसी विशेष कार्य के कहीं जाते ही न थे।

उनकी श्रद्धा देखकर गाँव के अन्य लोगों ने भी जवाहिर को अन्न ग्रास देना शुरू किया। सुबह उसके दर्शन करने तो प्रायः सभी आ जाते थे।

इस प्रकार तीन साल और बीते। जवाहिर को छठा वर्ष लगा।

रामटहल को ज्योतिषी की बात याद थी। भय हुआ, कहीं उसकी भविष्यवाणी सत्य न हो। पशु-चिकित्सा की पुस्तकें मँगा कर पढ़ीं। पशु-चिकित्सक से मिले और कई औषधियाँ लाकर रखीं। जवाहिर को टीका लगवा दिया। कहीं नौकर उसे खराब चारा या गंदा पानी न खिला-पिला दें, इस आशंका से वह अपने हाथों से उसे खोलने-बाँधने लगे। पशुशाला का फर्श पक्का करा दिया, जिसमें कोई कीड़ा-मकोड़ा न छिप सके। उसे नित्यप्रति खूब धुलवाते भी थे।

संध्या हो गयी थी। रामटहल नाँद के पास खड़े जवाहिर को

खिला रहे थे, कि इतने में सहसा वही साधु महात्मा आ निकले जिन्होंने आज से तीन वर्ष पहले दर्शन दिये थे। रामटहल उन्हें देखते ही पहचान गये। जाकर दंडवत् की, कुशल-समाचार पूछे और उनके भोजन का प्रबन्ध करने लगे। इतने में अकस्मात् जवाहिर ने जोर से डकार ली और धम-से भूमि पर गिर पड़ा। रामटहल दौड़े हुए उसके पास आये। उसकी आँखें पथरा रही थीं। पहले एक स्नेहपूर्ण दृष्टि उन पर डाली और चित हो गया।

रामटहल घबराये हुए घर से दवाएँ लाने दौड़े। कुछ समझ में न आया कि खड़े-खड़े इसे हो क्या गया। जब वह घर में से दवाइयाँ लेकर निकले तब जवाहिर का अंत हो चुका था।

रामटहल शायद अपने छोटे भाई की मृत्यु पर भी इतने शोकातुर न हुए थे। वह बार-बार लोगों के रोकने पर भी दौड़-दौड़ कर जवाहिर के शव के पास जाते और उससे लिपट कर रोते।

रात उन्होंने रो-रो कर काटी। उसकी सूरत आँखों से न उतरती थी। रह-रह कर हृदय में एक वेदना-सी होती और शोक से विह्वल हो जाते।

प्रातःकाल लाश उठायी गयी, किन्तु रामटहल ने गाँव की प्रथा के अनुसार उसे चमारों के हवाले नहीं किया। यथाविधि उसकी दाह-क्रिया की, स्वयं आग दी। शास्त्रनुसार सब संस्कार किये। तेरहवें दिन गाँव के ब्राह्मणों को भोजन कराया गया। उक्त साधु महात्मा को उन्होंने अब तक नहीं जाने दिया था। उनकी शांति देने वाली बातों से रामटहल को बड़ी सांत्वना मिलती थी।

एक दिन रामटहल ने साधु से पूछा 'महात्मा जी, कुछ समझ में नहीं आता कि जवाहिर को कौन-सा रोग हुआ था। ज्योतिषी जी ने उसके जन्मपत्र में लिखा था कि उसका छठा साल अच्छा

न होगा। लेकिन मैंने इस तरह किसी जानवर को मरते नहीं देखा। आप तो योगी हैं, यह रहस्य कुछ आपकी समझ में आता है?'

साधु– 'हाँ, कुछ थोड़ा-थोड़ा समझता हूँ।'

रामटहल– 'कुछ मुझे भी बताइए। चित्त को धैर्य नहीं आता।'

साधु वह उस जन्म का कोई सच्चरित्र, साधु-भक्त, परोपकारी जीव था। उसने आपकी सारी सम्पत्ति धर्म-कार्यों में उड़ा दी थी। आपके सम्बन्धियों में ऐसा कोई सज्जन था?'

रामटहल हाँ महाराज, था।

साधु उसने तुम्हें धोखा दिया, तुमसे विश्वासघात किया। तुमने उसे अपना कोई काम सौंपा था। वह तुम्हारी आँख बचाकर तुम्हारे धन से साधुजनों की सेवा-सत्कार किया करता था।'

रामटहल– 'मुझे उस पर इतना संदेह नहीं होता। वह इतना सरल प्रवृति, इतना सच्चरित्र मनुष्य था कि बेईमानी करने का उसे कभी ध्यान भी नहीं आ सकता था।'

साधु– 'लेकिन उसने विश्वासघात अवश्य किया। अपने स्वार्थ के लिए नहीं, अतिथि-सत्कार के लिए सही, पर था वह विश्वासघाती।'

रामटहल– 'संभव है, दुरवस्था ने उसे धर्म-पथ से विचलित कर दिया हो।'

साधु– 'हाँ, यही बात है। उस प्राणी को स्वर्ग में स्थान देने का निश्चय किया गया। पर उसे विश्वासघात का प्रायश्चित्त करना आवश्यक था। उसने बेईमानी से तुम्हारा जितना धन हर लिया था, उसकी पूर्ति करने के लिए उसे तुम्हारे यहाँ पशु का जन्म दिया गया। यह निश्चय कर लिया गया कि छह वर्ष में प्रायश्चित्त पूरा हो जायगा। इतनी अवधि तक वह तुम्हारे यहाँ रहा। ज्यों ही अवधि पूरी हो गयी त्यों

ही उसकी आत्मा निष्पाप और निर्लिप्त हो कर निर्वाणपद को प्राप्त हो गयी।'

महात्मा जी तो दूसरे दिन विदा हो गये, लेकिन रामटहल के जीवन में उसी दिन से एक बड़ा परिवर्तन देख पड़ने लगा। उनकी चित्त-वृत्ति बदल गयी। दया और विवेक से हृदय परिपूर्ण हो गया। वह मन में सोचते, जब ऐसे धर्मात्मा प्राणी को जरा से विश्वासघात के लिए इतना कठोर दंड मिला तो मुझ जैसे कुकर्मी की क्या दुर्गति होगी ! यह बात उनके ध्यान से कभी न उतरती थी।

■■■